24/7

stranger

Wu Ming

Grand River

Rizzoli

ISBN 978-88-17-02043-5

Prima edizione: giugno 2008

Grand River

A Sbancor

Incipit

Cappella di San Paolo dei Mohawk,
Brantford, Ontario, 11 ottobre 2007

La muta inerzia della pietra.

Arca di selce, della stessa natura del suolo.

Tra le sbarre, la tomba appare antichissima. Le ossa dell'uomo riposano con quelle del figlio, generazioni segnate da un destino simile. Thayendanega e Ahyonwaeghs, Joseph e John Brant: uomini antichi. Uomini arcaici. Ombre.

Le ossa hanno la natura della pietra, ormai. Un tempo furono materia vivente, piene di rosso midollo. Sostennero carne, rado grasso. Racchiusero e protessero organi come le sbarre di ferro racchiudono e proteggono questa pietra tombale. Sulle ossa lunghe si innervarono i tendini, articolazioni protette da fluido sinoviale, cartilagini. Mossero un corpo, una coscienza.

Ora sono vuote, sparse. Frammenti, schegge, ossa-padre e ossa-figlio, indistinguibili, inerti, leggere. Dalle tibie seccate dal tempo potrebbe ricavarsi un flauto. Chissà quale musica ne trarrebbe il vento.

Racchiusi dalle sbarre, dentro la pietra, dormono uomini che ho raccontato.

Mi trovo nel campo verdissimo attorno alla cappella. Le acque del Grand River sono nebbia, fumo rapido tra terra e cielo, turbine di ghiaccio secco, instabile, e il cielo, sopra e ovunque, è liquido combustibile, vampa azzurra, nuvole che roteano su se stesse, seguono le acque del fiume, rotolano verso il lago Ontario.

Thayendanega fu sepolto una prima volta nel cimitero di San Luca a Burlington, nel 1807. L'uomo non vide i vecchi nemici tentare ancora di cancellare la sua stirpe dalla faccia della terra. Non vide i figli degli antichi nemici seguire piste e tendere agguati per chiudere conti vecchi di quarant'anni.

Quello fu il primo funerale.

Nel 1850 i resti furono rimossi, trasportati fin qui sulla schiena dei guerrieri.

Quello fu il secondo funerale.

Nel 1870 le spoglie furono trafugate da un patologo. Il razzismo aveva assunto basi scientifiche e «Monster Brant», l'uomo tra due mondi, uno dei padri fondatori del Canada, massone, capo di guerra della nazione Mohawk, capitano nell'esercito di sua maestà Giorgio III, doveva essere studiato, le ossa analizzate, il cranio misurato. Deviazioni e tare sarebbero apparse chiare e distinte alla luce della ragione scientifica. Si sarebbero poi divinate inclinazioni, spiegati vita, fatti, una sorte mirabile.

Era quell'età del mondo. La scienza positiva. I microscopi, le storte. Pulsazioni del mondo, elettricità che assumeva anima metallica, cuore meccanico. Genocidio.

L'uomo incontrò due volte il re d'Inghilterra.

Joseph Brant, indiano allevato per amare gli inglesi, prima e dopo il disastro della sua nazione divenne il beniamino dei salotti alla moda. Al termine dei suoi giorni dichiarò con amarezza che il giusto stile di vita era quello della sua gente, non quello inglese che aveva conosciuto, assimilato, adottato. Fece questa affermazione «dopo avere liberato la coscienza da qualunque pregiudizio».

Le sue ossa furono riportate all'interno del sacrario a furor di popolo.

Del suo, almeno.

Ora ci sono terra e riposo.

La cappella di San Paolo è piccola, assi di legno bianco sfrecciano verso l'alto. Sembra una cappella nordica, una chiesa vichinga.

Mi muovo, guardo in alto, oltre la facciata. Il cielo vortica sopra la testa.

Sono nudo come le generazioni prima della mia, come quelle che seguiranno, bolla di vita in transumanza sul pianeta, esposta alla furia azzurra del cielo, nessuna inferriata a proteggermi. Ora il senso del viaggio si palesa. Sorgono grumi di consapevolezza, li avverto in fondo alla respirazione, nell'istante in cui sembra cessare.

È un pellegrinaggio. Non transizione, non traiettoria verso l'estremo Occidente, non mutamento di coordinate spaziali, dislocazione, allontanamento: il viaggio è un paradossale ritorno.

Sono le ossa di Thayendanega, dell'uomo nato durante una battuta di caccia in Ohio nel 1742 e morto duecento anni fa, ad avermi voluto qui. È la forza di questa pietra tombale ad avermi fatto valicare un oceano. Io appartengo alla vicenda, anello di una lunga catena causale.

Ho bisogno di riparo, decido di entrare. Non si possono scattare foto, avverte un cartello.

La prima cosa che noto è l'Union Jack, di fianco all'altare.

Nel 1784, dopo la Guerra d'indipendenza americana, Joseph Brant ottenne una striscia di terra larga sei miglia, lungo il corso del Grand River, a risarcimento della perdita dei territori ancestrali nella colonia di New York. Questa porzione di pianeta si estendeva per 768.000 acri. Si decise di edificare una chiesa. La maggior parte dei seguaci di Brant riparati in Canada dopo la sconfitta britannica, Mohawk e altre tribù irochesi, erano ferventi anglicani. La cappella fu la prima chiesa di tutto l'Ontario. Gli alberi furono abbattuti a Paris e fatti scendere lungo il corso del fiume fino a quel luogo, tre miglia distante dal villaggio che avrebbe preso il nome di Brantford. Il reverendo John Stuart, già missionario nella Mohawk Valley, dedicò la cappella a San Paolo.

I coloni bianchi apparvero nel 1805.

All'interno, le vetrate narrano la storia dell'arrivo dei Mohawk in Canada. Il vetro è selce mutante, pietra traslucida.

Vibrazione mistica, la stessa che ho avvertito nella chiesa del collegio dei gesuiti a Québec, e a Nôtre Dame, a Montreal. È il cuore spirituale di quella parte di nazione Mohawk che si riconosce nella storia e nelle scelte di Joseph Brant, quella parte della nazione Mohawk che serba un legame antichissimo con la Corona: la Bibbia, i paramenti, l'ostensorio li donò la regina Anna ai fedeli indiani nell'anno di grazia 1710.

Ma la narrazione non comincia qui. Questa gente non comincia qui. Il nome del Popolo della selce risuona intorno ai Laghi da circa un millennio, la prima vetrata illustra la fondazione della Lega delle Cinque nazioni irochesi, che in seguito diverranno Sei. Una vicenda di molti secoli fa, prima che qualsiasi uomo bianco calcasse le zolle stese da Donna del Cielo sul dorso della Grande Tartaruga.

La prima vetrata di questa chiesa non è cristiana. L'iscrizione recita: *Io sono Deganawidah. Pianto l'albero della Grande Pace. Se un uomo o una nazione mostrerà il desiderio di obbedire alla legge della Grande Pace, sarà accolto e troverà rifugio sotto l'albero. Parola di Hiawatha, profeta di Deganawidah.*

La storia cristiana dei Mohawk inizia dalla vetrata successiva. Qui Hendrick e altri capi irochesi vengono accolti come re alla corte di Anna d'Inghilterra. Torna alla mente l'immagine di Hendrick ritratto in una sorta di abito medioevale azzurro: proiezione del pittore o realtà storica, lo ignoro.

L'iscrizione recita: *Grande Regina. Abbiamo intrapreso un lungo viaggio e ti presentiamo queste cinture di wampum. Se la nostra Grande Regina si compiacerà di mandare persone per istruirci, esse riceveranno il più caloroso benvenuto. Questa vetrata, che mostra la presentazione dei capi delle Sei nazioni alla regina Anna, 1710, è dono della diocesi di Huron, 1959.*

La terza vetrata illustra le vicende che ho raccontato. L'iscrizione: *I fedeli Mohawk, piuttosto che rompere l'alleanza, scelgono di abbandonare le proprie case e i propri averi e... vengono obbligati a cercare rifugio in Canada.*

Manituana. Il mio romanzo in tre righe. La versione dei fatti è chiaramente agiografica. Siamo in una chiesa. La chiesa dei discendenti di chi fece quelle scelte.

C'è un lungo tappeto rosso che porta all'altare, e c'è una visita guidata: un'anziana signora racconta le storie racchiuse nel vetro, è una volontaria, saprò più tardi che si chiama Mrs. Hill. La sua è una delle famiglie più importanti della zona. È una Mohawk. Quando viene a sapere che la mia casa è dall'altra parte del mondo, la sua reazione è controllata.

Gli occhi freddi precedono la domanda. Cosa mi ha portato lì, e perché?

Transatlantica

Da Bologna a Montreal, agosto-settembre 2007

1.
Un'estate italiana

Spaesamento. Umore nero. Voglia d'espatrio.

Mi aggiro senza meta in una città che annoia, che annienta, che annacqua. Bologna discute di *dehors* e punkabbestia, e se il suo sindaco è un *grande* stronzo o solo uno piccolo. Si respira male. Ho periodici giramenti di testa, cali di pressione, semicollassi. È colpa mia, mi tratto male. Il contesto non aiuta e ci mette del suo.

Fuori dal ghetto felsineo il Paese tracolla. La metafora di una nazione discarica non è più tale, si fa dichiarazione esplicita, programma. Napoli tracima rifiuti, emergenza infinita, secolare, stato in luogo irremovibile. Lo scarto ci travolge, rende noi stessi scarti, panorama indifferenziato dentro cui uomini e sacchetti si confondono, risultano uguali. Vittime e carnefici di un ciclo insostenibile, avvinghiati e indistinguibili, i cumuli umani assumono le medesime sembianze dei cascami del consumo illimitato.

Poi, gli immancabili gialli dell'estate. Garlasco. Perugia. Discarica della comunicazione, rifiuti media-tossici sempre riciclabili. Smaltibili mai.

Omicidi di donne a cadenza quotidiana: mariti, fidanzati, padri, papponi, stalker, spasimanti. Discarica delle relazioni, inceneritori di sentimenti, *sharia* de noantri.

Cerco conferme del mio malessere nel volto dei passanti, le trovo, non danno sollievo. Continuo a vagare, piazze, strade, portici intasati di polveri. L'afa appiccica maglie sulla pelle, unge capelli, tinge aloni su camicie sgualcite. Sono fortunato, penso, ho le mie vie di fuga per la mente, le storie che riempiono giorni altrimenti senza senso. I miei fantasmi, che prima di farsi incubi, prendono forma e materia, carne e sangue, sopra pagine che diventano trame, racconto, narrazione della commedia e tragedia umana. Sono fortunato, penso, e sto male.

Il rischio concreto e palpabile è l'introversione, la sclerosi. Lo sguardo che si abbassa e si tramuta in asfalto. L'abitudine, l'inerzia, gli arresti domiciliari che nessun giudice ha disposto.

Il panorama si restringe, il respiro è affanno, le difficoltà sono montagne di una scalata in solitaria e senza ossigeno. Sono fortunato, l'ansia sale e occupa spazio, tempo, energia. Anche l'amore della tua vita se ne va, stanco di aspettare una rinascita, sfibrato da una rigenerazione che non arriva.

Vertigine.

Pensi agli amici, quelli che ci sono e quelli che non ci sono più, che hai conosciuto bene oppure meno di quanto avresti voluto, o ancora che non hai conosciuto affatto. A Carlo, a Giangi, fratelli che una mano non te l'hanno negata, mai, e che non chiami, mai. A Primo, maestro di vita e di stile. A Tom, lampadiere in una strada buia. A un altro Carlo, sul selciato di piazza Alimonda. Sei fortunato a esserci ancora, e non hai il coraggio di chiedere aiuto. Presunzione, superbia.

Ritrovo la via di casa senza accorgermene, come la deriva di un cane che non può che tornare all'unico luogo che riconosce davvero. Cibo, giaciglio, acqua.

La galleria di facce prosegue dentro la testa: care, note, sconosciute, dolenti, segnate, inespressive. Mescolata a quelle, la tua, sempre più sbiadita davanti allo specchio, meno familiare. La Rivoluzione non avrà faccia, hai detto. Ecco, Senzavolto, sei a un passo da quel vaticinio.

Finestre aperte, rumori di strada, episodiche folate, house music che pompa da automobili in transito, voci di ragazzini che si inseguono. Una doccia che rinfresca, ma non schiarisce.

Squilla il telefono. Aperitivo? No grazie, un'altra volta.

Fumo.

Ancora il telefono. No, non rispondo.

Vabbè, dai.

È Roberto. Roberto l'agente letterario, il Comandante. L'uomo che in certi miei racconti compare con il nome «Heriberto Cienfuegos».

«Stammi a sentire, hai un minuto?»

Ho un minuto. Ho voragini di tempo davanti ai piedi.

«Un lavoro importante in ballo. L'editore X apre una nuova collana. Tutto *travelogue*, racconti di viaggio, diari, reportage. Ho subito pensato a te, dimmi se la cosa ti può interessare.»

Silenzio.

Poi: «Sì, certo, Comandante».

«Loro pensavano il Sud America, sai, il Che, Marcos, Chavez, Evo Morales... Venezuela, Cuba, quei posti lì. Puoi scegliere.»

Viaggi a basso costo nella rivoluzione altrui, penso.

«Pensaci, però in tempi abbastanza rapidi. Sto andando in ordine alfabetico, ho già fatto la proposta agli altri miei autori. Tu sei l'ultimo, Doppia Vu.»

«Gli altri dove vanno?»

Ascolto. Destinazioni, progetti. Nomi e stili associati a luoghi. Giallisti nel deserto di Atacama, scrittori neogotici a Ouagadougou. La creta del cervello comincia a modellarsi. Un'idea.

«Allora, mi fai sapere?»

«Non c'è bisogno di rimuginare, rispondo subito. Sì.»

«Molto bene. Dove preferisci andare?»

L'idea.

«In Canada.»

«Canada?»

«Perché no? Ho scritto *Manituana*. Potrei tornare in quei luoghi, ma stavolta in carne e ossa. Un giro gratis sulla macchina del tempo.»

«Ah! Buono. Molto buono.»

«Sì. Wu Ming nelle riserve indiane. Wu Ming nella parte d'America che non ha voluto "americanizzarsi". Wu Ming che attraversa il Canada da una costa all'altra. Il Canada, il Paese del "cosa sarebbe successo se". Dove Washington non è riuscito a esportare la Rivoluzione. Parto a botta calda. Ho dei contatti, li uso.»

«Va bene, richiamo l'editore. Ti faccio sapere al più presto.»

Cos'è viaggiare se non uscire da sé, rimettersi in prospettiva sotto un altro cielo e calpestando altra terra? Ridimensionare egotiche angosce con una sferzata di movimento, incontri imprevedibili, necessità di impegnarsi anche per le relazioni più semplici, le comunicazioni più banali. Opportunità di uscire dal ghetto e dalla mentalità del ghetto, per aprire di nuovo il gioco e lo sguardo. Risollevare la saracinesca dell'anima.

Tornare a seguire tracce, percorsi. Inseguire fantasmi che mi hanno accompagnato per anni di ricerche, fantasie, elucubrazioni, prima di assumere la consistenza cartacea di un romanzo.

L'occasione di tornare in un luogo dove non si è mai stati ma che si è avuto l'ardire di raccontare. Un territorio scandagliato a fondo dall'immaginazione ma non dai sensi.

Una nazione grande quanto un continente, miscuglio imprevedibile di popoli e culture. Inglesi e francesi, nativi e asiatici, esteuropei e anche italiani. E chissà chi altri.

Terra di leggende, punto d'origine e approdo di popoli d'acqua e foreste. Ritornare a Manituana, le Mille Isole del San Lorenzo.

Joseph, Molly. Avrò bisogno del vostro aiuto, della vostra benevolenza, della vostra guida.

Squilla il telefono. Mi fiondo.

«Ok, va bene. Quando vuoi partire?»

«Prima possibile.»

Un refolo d'aria fresca entra dalla finestra.

Mi sembra di respirare meglio.

Sono fortunato.

2.
Partenza

Di solito raggiungo l'aeroporto in taxi. È un piccolo rituale. Questa volta scelgo la navetta pubblica che passa dal centro ogni mezzora. Dovrò rompere abitudini, tanto vale cominciare subito. Farò un viaggio a livello della strada, inutile partire da privilegiato.

La città mi sembra identica a sempre. Sto per uscire all'aperto, tutte le volte che le acque si rompono sento che il liquido amniotico puzzerà, e vedo bene che il grembo di portici è minato dalle vibrazioni del traffico.

In questo momento della vita amo racchiudermi dentro un nocciolo di mattoni. È un processo di miniaturizzazione, divenire sempre più piccoli fino a collassare entro i margini della propria esistenza. Il pavimento in vecchio cotto del luogo dove vivo esercita una forza attrattiva. A dispetto dell'atmosfera satura di ridicole disgrazie, so che una parte di me farà fatica a lasciare tutto questo. Il pericoloso inganno della vita quotidiana, innestata, articolata nel delirio italico secondo modalità quiete, attente. Le strade del centro, le merde di cane, le signore che ti guardano dai piedi alla testa: questa città, in questa parte del mondo, in questo preciso momento storico. Qui ci sono amici appena ritrovati, come Leo Mantovani, attore e *genius loci*.

Il cielo sopra i tetti del centro, in questo periodo dell'anno, potrebbe sembrare azzurro. Percorso da correnti, eventi atmosferici, scie di reattori, traiettorie astronomiche. Fila bave di nuvole, baco immenso. Stracci biancastri si muovono lenti dalla collina alla pianura.

Mi preoccupa specialmente il clima.

Il Canada, un serbatoio di ghiaccio. Un luogo da veri uomini, direbbe Leo.

Leo ha detto che devo essermi confuso. Le Giubbe rosse non sono comuniste. Sono capaci di cavalcare al freddo per miglia e miglia, nel nulla d'alberi e acqua. Hanno il Winchester. Credo abbiano anche un fischietto.

Leo ha detto che le nozioni sui Grandi laghi le ha apprese dal *Comandante Mark*.

Come tutti quelli della nostra generazione, ho risposto.

Ho fatto la valigia con attenzione maniacale. So che a Montreal l'autunno è tiepido, umido, alle volte addirittura caldo. In tempi di *global warming*, l'estate e l'estate indiana si succedono senza soluzione di continuità. Ma mi hanno detto che la temperatura crolla di colpo, non si sa bene quando. Potrei incontrare i primi freddi, e i primi freddi sono attorno agli zero gradi. Quelli dopo, meno venti. Ho scelto il Canada e detesto il freddo.

Una parte di me vuole mettere alla prova l'uomo reclinato sulla quotidianità bolognese. Per questo devo aver scelto il Canada.

Padre Navarette, un francescano del diciassettesimo secolo che viaggiò moltissimo, lasciò scritto che: «Si contraddice non poco la natura umana lasciando la propria casa». È una frase che ricordo con nettezza, una di quelle che illuminano la natura del mio modo di viaggiare. Viaggiando, contraddico me stesso. Viaggiando, sposto un limite interiore. Costruisco nuove connessioni nel cervello, ne lascio cadere di inutili. Per me il viaggio non è mai un piacere. È atto di igiene psicofisica, un *kriya* yogico profondo, come quando si puliscono le narici, gli organi interni, gli intestini. È proprio quando la quantità di tossine sedimenta e comincia a influire sull'umore e sui ritmi biologici che una parte di me avverte la necessità del viaggio. Ho letto che i batteri e gli acari della polvere inducono uno stato di quieto torpore, stimolano endorfine. Euforia da casa polverosa. Il me stesso bolognese protesta e rivendica, pronto alla lamentazione. Però c'è una parte di me simile a padre Navarette. Un uomo che viaggia molto, incapace di erigere una casa stabile. Un uomo che si contraddice, di molte partenze.

Ho sempre pensato che avrei visto l'America dal ponte di una nave. Quando sono tornato dall'India, ho accarezzato l'idea di raggiungere il nuovo mondo per via d'acqua. Volevo arrivare a New York, vedere lo skyline dal mare, la Statua della Libertà, ricordi culturali così profondi da essere originari, l'ombra del viaggio di molti compatrioti, generazioni di emigranti che hanno fertilizzato di carne, sangue e merda l'humus del continente.

Invece, andrò in Canada in aereo.

Molto meno letterario: partire da Bologna, dall'aeroporto G. Marconi, in un giorno di fine estate, destinazione Montreal Trudeau, scalo Parigi Charles De Gaulle.

3.
De Gaulle e Deleuze

L'ambiente umano dei voli verso le capitali europee mi mette a disagio. Sono in fila con gli altri viaggiatori. Siamo accomunati in un'esperienza che molti vivono ancora con eccitazione. Siamo noi italiani che applaudiamo quando l'aereo atterra, increduli, compiaciuti per la nostra buona sorte, in culo a chi precipita. Bolognesi con pantaloni da golf Jeckerson, camicie con colletti monumentali, vestiti in modo talmente peculiare da essere riconoscibili ovunque. Per questo gruppo umano quei panni sono il modo giusto di vestire.

Neri, nordafricani e asiatici, e qualche francese che torna in patria.

La navetta copre i quindici metri che separano il gate dall'aereo. Un modo come un altro di incrementare il Pil. Parlano tutti, è una di quelle giornate con il cielo basso, oleoso, c'è il sole ma uno fatica ad accorgersene.

Mi chiedo se applaudiremo all'atterraggio. Ci alziamo, intanto. La campagna attorno a Bologna rimpicciolisce, il cielo sembra mare, navighiamo verso Parigi, siamo sulle Alpi, le cime assolate e le valli, la pancia dei versanti, colma di nuvole, nebbia bianca, fumosa, densa. Vedo laghi alpini. Vedo roccia, solitudini scoscese.

Leggo «Libération». Notizie sull'Italia: noi visti da fuori. Fa sempre impressione rompere il cerchio demente del discorso pubblico italiano, l'oscillazione tra autocommiserazione e autoindulgenza, euforia da Mondiale dimenticata, depressione da benzina e pane in ascesa, rom e rumeni confusi dalla volgarità teppistica che alberga al fondo di ognuno di noi, dove c'è, riconoscibile, un fascista fatto e finito. Uno di noi dentro quel *noi* che è l'Italia.

Mi imbatto in un trafiletto su Deleuze. Leggo, avido. Rifletto.

L'Italia ha una malattia, si chiama Allergia alla complessità. La semplicità non spiega nulla, nessuna dinamica in corso, non spiega niente di quello che vedi scorrere sotto gli occhi, attraverso il tuo corpo e la mente, in un giorno qualsiasi, fitto d'eventi come un mazzo intero di vite nei secoli scorsi. C'è il rifiuto dell'idea stessa di complessità in nome di una banale equazione tra semplicità e chiarezza: dimmelo in quattro parole, oppure vaffanculo. Come se non esistessero discorsi semplici e oscuri. La comunicazione politica è dominata dal semplice e dall'oscuro.

Certo per l'intellettualità di sinistra, noi come ceto, sarebbe pure giunta l'ora di un *mea culpa* o, buddisticamente, il momento dell'assunzione di responsabilità. Per decenni abbiamo detto cose giuste in maniera repulsiva. Abbiamo maneggiato lingue di legno come armi improprie. Abbiamo reso idee affilate armi spuntate, parodie di realizzazione.

Oggi, per esempio, per accostarmi all'*Antiedipo*

dovrebbero pagarmi una certa cifra, non so, cinque-sette euro a pagina. Allora lo farei. Leggerei. E parlo di un libro che mi piace.

L'aeroporto Charles De Gaulle sembra costruito da circa sei ore. I percorsi all'interno sono istintivi, facilissimi, è impossibile perdersi. Ho fatto il callo all'abito di serie B che la mia condizione di italiano impone. Nel mondo c'è una gerarchia rigidissima, una gerarchia razziale. La civiltà più elevata è quella anglosassone; poi quella tedesca, quella francese, i russi, il Sud Europa, latini e greci, punto di giunzione tra i bianchi e i non-bianchi. Poi, gli asiatici. Poi, gli africani e i primitivi in genere.

È ancora così. Le persone che dominano il pianeta sono tuttora immerse in questa forma mentale e in questa visione del mondo. L'aura della civiltà ospite si rifrange sugli immigrati, così un africano o un asiatico che occupa un posto di responsabilità, che si è «integrato», mi guarda giustamente dall'alto in basso. In fondo, noi applaudiamo quando atterra l'aereo.

L'attesa tra un volo e l'altro è facile in un luogo dove funziona tutto e ci sono connessioni internet gratuite. Leggo su un'edizione online che un italiano è stato ucciso con una scarica di *taser* a Québec, uno dei luoghi che mi attendono.

Consegno biglietto e passaporto. Sto per salire, non prima che l'addetto abbia controllato minuziosamente pagina per pagina, non prima che abbia confrontato al millimetro la mia foto e la mia faccia. C'è un nome italiano, una faccia italiana, ma un luogo di nascita incongruo, un paese islamico. Sento il ticchettare dei meccanismi nella testa dell'uomo. Con gli occhi della mente vedo Magua parlare al capo degli Huron in un francese stentato, nel film tratto da *L'ultimo dei Mohicani*. Proclama di essere amico di *le fransè*.

L'addetto Air France mi fa passare. Ora, tutti sorridono.

Sono circondato da persone di mezz'età. Sento parlare quebecchese. Ha un suono familiare. C'è un'intera nazione, oltreoceano, che fa strame della lingua di Racine.

Si va.

4.
Trudeau

Da un presidente a un primo ministro. Pierre Trudeau Airport. Montreal, Québec. Canada.

Sera.

Il volo è sembrato meno lungo di quanto mi aspettassi. Forse la voglia di arrivare, oppure il ricordo di altri tragitti intercontinentali. Forse l'Atlantico si è ristretto.

Sbrigo le procedure di sbarco e ingresso. Lunga coda di passeggeri, che però scorre veloce.

«Motivo della visita?»

«Piacere. Lavoro.»

«Cerca lavoro?»

«No, no. Si tratta di un breve soggiorno. Per diletto, ma anche di studio, ricerche.»

Un'altra occhiata, a me e al passaporto, e la donna dentro il gabbiotto mi lascia andare.

Il terminal non è enorme, il bagaglio non è andato perso, la polizia di frontiera non mi ha trattenuto.

Be', dài, si può cominciare.

Cambio un po' di soldi, giusto per le prime spese, i cambiavalute degli aeroporti non sono mai convenienti, poi mi avvio alla fila per i taxi. Esco e calpesto per la prima volta il suolo canadese.

Fa caldo. Mi sento come Totò nella scena dell'arrivo alla stazione di Milano, insieme a Peppino, abbigliati come russi siberiani. Non sono vestito allo stesso modo, ma la percezione è quella.

Un omone a varie ante smista i passeggeri in attesa verso le auto, carico il bagaglio, scarne indicazioni al conducente. Si punta al cuore della città. Rue Sherbrooke East. È lì che Francesco, amico e contatto italiano, lettore alla McGill University, mi ha prenotato una stanza di prezzo abbordabile in un ostello dal nome francese. Le Gite du Plateau Mont-Royal.

C'è traffico sostenuto, ma si procede senza stop che non siano i semafori. Prendiamo qualcosa che somiglia a una tangenziale e dirige il flusso delle automobili, in maggioranza di marca europea, verso i vari quartieri della metropoli.

«Prima volta a Montreal?»

«Sì. Prima volta in Canada.»

Il mio inglese è incrostato di ruggine, il mio francese è inesistente. Speriamo di non fare troppe figure di merda. È sempre Totò ad affiancare i primi passi alla scoperta di questo nuovo Paese. «Nojo, vulevon savuàr l'indiriss...»

Il percorso dall'aeroporto al centro dura circa mezz'ora, la tariffa è di trenta dollari canadesi. Tenersi allenati con i calcoli del cambio: fanno poco più di venti euro.

Altra cosa che imparo subito è che Sherbrooke è

un'arteria molto lunga, e taglia Montreal da est verso ovest. Ci sono lavori in corso dappertutto, organizzati senza apparenti criteri di sicurezza. I pedoni attraversano l'area dei lavori su passerelle di fortuna. Le facce degli operai sono rilassate. Bianche, gialle, nere.

In coda per raggiungere downtown, restiamo fermi qualche minuto vicino a un bus Greyhound, premonizione del viaggio a venire.

Rue Sherbrooke scorre lenta, le automobili affiancate, andatura costante, gli edifici sono una versione attualizzata di *international style* fine anni cinquanta, e poi case come ti aspetteresti dal Canada francofono, austere, nordiche. Normandia mutante. Gente mano nella mano, gente che corre, gente sui roller.

La facciata dell'ostello ha un tratto decadente, una piccola e ripida rampa di scale precede la porta d'ingresso. Bisogna suonare un campanello. Entro, sorrisi, saluti di prammatica: gestore e dipendenti sono francofoni ma come è ovvio parlano inglese con un po' di inflessione. Documenti, alcune indicazioni (niente fumo in camera, una piccola caparra...), le chiavi, e si va su.

Stanza spartana: un letto a castello, un piccolo tavolo, un lavabo esterno, due sedie e una poltrona.

Non c'è il bagno, ma lo sapevo. Anzi no. Dietro una porta si apre un vano più stretto di una cabina telefonica. Al centro troneggia una tazza. I bagni veri, con la doccia, sono sul corridoio al piano.

Giusto il tempo di sistemare alla meglio le mie cose e schizzo giù, sarei anche stanco, ma dormire non è proprio il caso. Nell'atrio dell'ostello si respira aria del mondo: ragazze asiatiche leggono o prendono appunti, due africani parlano a bassa voce seduti a un tavolo, un terzo telefona da un apparecchio appeso al muro. Un televisore posto in alto, nella sala, trasmette un canale all news in inglese: parlano dell'italiano morto in circostanze oscure a Québec, dopo essere stato fermato dalla polizia all'uscita da un pub o qualcosa del genere. Situazione confusa, spiegazioni poco convincenti, pare sia morto in cella durante la notte, l'uomo era giovane e lavorava qui da qualche anno. I parenti stanno volando dall'Italia per toccare con mano lo strazio ed essere avviliti da frasi di circostanza. I giornalisti danno per scontato l'uso del *taser*, la temibile pistola elettrica, da parte degli agenti. Molte testimonianze lo affermano. Gerarchia razziale: da questa parte dell'Atlantico gli «immigrati» siamo ancora noi.

La montagna di Hochelaga

Montreal, 25-30 settembre 2007

5.
Visioni dall'alto

È mattina. Il centro della metropoli appare silenzioso, immobile. Non ho dormito, la mente percorsa dall'eccitazione del viaggio, il corpo provato dagli effetti del jet lag. Ora sono per strada, guida di Montreal in tasca. Sulla mia testa nubi in fuga vertiginosa, latte che si muta in spuma marina. Questo è un altro cielo.

La prima destinazione che ho scelto è la Montagna.

La Montagna che dà il nome alla città: Mont-Royal, eco d'America prima della conquista, polmone che respira al centro dell'agglomerato urbano.

Qui l'autunno laurentino ha i colori vividi dei ricordi infantili. Sono alle spalle di downtown, distesa sulle rive del fiume, e ascendo. La strada sterrata scorre ansa dopo ansa, forma meandri tra il verde abissale. Incontro radi camminatori, uno scoiattolo attraversa la via, cauto.

Questa entrata del parco è lasciata a se stessa, ad arte, tutto sembra naturale, selvaggio.

Pas loin d'ici Charles et moi on s'était chicané
Je ne me rappelle même plus pourquoi

Moi j'aime toujours ça
Venir sur la montagne ça me fait du bien
Ah! Une percée de soleil
je te l'avais dit, non?
*On fait le grand tour**

È una lastra di granito, tonda. I versi sono incisi come epigrafi secondo un andamento a spirale, ed è possibile leggerli partendo da qualsiasi punto. Non so chi li abbia scritti. Sembra una mano felice. Qualcuno aveva un amico, o un amante, di nome Charles, persone che amavano salire sulla Montagna, persone che amavano il sole.

Oggi il cielo è splendido.

Le guide turistiche chiariscono che il Mont-Royal non è un vulcano spento. Quella è solo leggenda. Mentre salgo, però, la potenza germinativa della natura americana mi sommerge. Se non è terra vulcanica, è comunque pregna di virtualità. Alberi d'alto fusto, forse cedri, e più sotto aceri – le foglie rosse impongono un nome, un senso preciso a ciò che vedo. Per il resto, un sottobosco fitto e selvatico. Verrebbe da dire felci, e farei sorridere i botanici. Per me, è indistinto vegetale, primario, al fondo dell'esperienza come acqua e aria.

Difficile orientarsi. Lasciando il viottolo principale, avrò modo di perdermi molte volte.

* Non lontano da qui, Charles e io avevamo litigato / Non ricordo nemmeno perché. / È una cosa che mi piace sempre / Venire sulla montagna mi fa bene / Ah! Uno sprazzo di sole / Te l'avevo detto, no? / Facciamo tutto il giro.

Sulla sommità della Montagna, Jacques Cartier giunse nel 1535, quarantatré anni dopo la scoperta del continente. L'isola su cui si estende oggi il centro di Montreal si chiamava allora Hochelaga ed era abitata da genti di ceppo irochese. Il diario di viaggio di Cartier recita:

... E in mezzo a quelle campagne, è situata e distesa detta città di Hochelaga, prossima alle pendici di una montagna... Chiamammo quella montagna il monte Royal.

Nel 1643 Paul Chomedey de Maisonneuve trasportò una croce di legno sulla cima, per adempiere così a un voto fatto alla Santa Vergine, che aveva risparmiato la città durante un'alluvione.

Vulcano o collina dai lenti declivi, il luogo è centrale, non solo per quanto riguarda la topografia. È luogo di economie sentimentali, di ritiro, di fuga.

Negli anni Sessanta del secolo scorso, un vecchio sindaco aveva proposto di tagliare tutti gli alberi, perché la gente si infrattava lassù, d'estate, a fare l'amore. Non erano tutti rapporti legittimi. Molti erano *contro natura*. Era l'epoca degli hippy. Salivano sul monte per *drogarsi*, suppongo. Il Québec era un paese cattolico.

Gli alberi ci sono ancora e la gente continua a salire per scopare. Ma uno va sulla montagna anche perché è un posto splendido. Un luogo che fa del bene.

Gioco come un bambino, indosso il vestito mentale dei personaggi che ho fatto muovere in boschi simili a questo. Ci sono spiriti, corpi di sogno, nemici e amici dietro ogni albero, sotto ogni masso scivoloso, in ogni fosso scavato dalla pioggia. Il tempo, penso, non cambia nulla.

Ogni luogo è sempre uguale a se stesso.

Una cosa è certa, però. Joseph Brant non si sarebbe perduto in un parco cittadino.

Mi muovo verso la sommità della Montagna. I tronchi sono coperti di muschio. Il sole filtra a squarci, a lame rossastre. Decido di raggiungere il luogo dove Maisonneuve piantò la croce.

E chissà perché mi aspetto di trovare proprio *quella* croce. In questa parte del mondo, la prospettiva di chi vive in un centro storico italiano risulta falsa. La croce sulla cima è stata eretta nel 1924. Ci sono luci che cambiano colore, leggo sulla guida. Quando morì il papa erano rosse.

Già. Non esiste luce nera.

Verso ora di pranzo riemergo nei pressi di Avenue McGill College. Cinquecento metri di discesa e sono subito in città, quella vera, con tanto d'abbozzo di skyline.

La città francofona più grande del mondo dopo Kinshasa e Parigi sembra radicata in ricordi culturali solidi, acquisiti, eppure è senza dubbio unica, dissimile da qualsiasi altra. Ucronia in atto, presente, concreta: questa è la Nuova Francia, un'eco di come sarebbe stato il continente nordamericano se la storia avesse preso un'altra piega. Le due comunità, francofona e anglofona, vivono vite parallele, gente che scorre in tunnel trasparenti, e ogni tanto si guarda. Vivi e lascia vivere. Così tutto sembra andare avanti in pace. L'atmosfera che si respira è aperta, in contrasto con la claustrofobia dell'appartenenza. In un certo senso sono le comunità di immigrazione più recente – ebrei, cinesi, italiani, portoghesi, arabi – a rendere la situazione dinamica e interessante.

Sulla Avenue McGill College, all'aperto, una mostra fotografica del museo McCord. La storia di Montreal attraverso i volti della gente, fotografie scattate nell'arco di cent'anni, dalla fine degli anni Settanta del Diciannovesimo secolo fino agli anni Ottanta del secolo appena trascorso. Meraviglia, strana nostalgia, spleen locale – è la prima volta che lo avverto, e per me rimane la caratteristica principale della città, quella che me la farà amare. Un interno vittoriano, il salone di casa Stephen (all'epoca presidente della Banca di Montreal), poi una squadra di ragazzini in tenuta da hockey, circa 1910, una ricca immigrata cinese nei suoi abiti migliori, la bottega di un vinaio portoghese, l'interno di una casa di studenti, ragazza in posa, gonna e capelli lunghi, poster di Dylan, chitarra appoggiata a una sedia.

Volti, etnie, usi, costumi, ossessioni, ambiente, stagioni. Mi sento messo a parte di una storia segreta, provo un'empatia difficile da descrivere. Questa gente è qui, insieme, da generazioni. Più radicale, più originaria dell'appartenenza etnica e culturale, c'è un'altra forma di appartenenza? È possibile capirla, definirne i contorni senza cadere nel mistico, nel vagheggiamento lirico, nella retorica americana?

La planimetria di downtown sembra fatta apposta per la deriva urbana. Dalla montagna al fiume. Una manciata di isolati e ogni volta il contesto muta. Esiste una identità nelle lunghe strade che discendono verso l'acqua, ma l'ambiente umano cambia. Sulla direttrice est-ovest (fittizia: l'orientamento di Montreal è convenzionale) a ogni punto di longitudine si succedono spettacoli inattesi. Un *neighbourhood* cattivo, epitome del degrado urbano, parcheggi e aree commerciali dismesse, poi fioriscono i negozi alla moda, le chiese.

La Christ Church Cathedral, anglicana, vibra di un'atmosfera raccolta. Le vetrate di fine Ottocento raccontano le storie dei santi. Doveva essere uno degli epicentri della vita sociale degli anglofoni, ma non c'è molta gente, ora. Fuori stazionano mendicanti e ubriachi. Un'insegna pulsante a led luminosi rossi avverte i fedeli dell'ora delle funzioni. Dentro, un volantino annuncia che vari leader religiosi aborigeni si sono uniti per parlare di una Vera Chiesa Nativa Anglicana Nazionale.

6.
Ex patria

Eugenio è di origini piemontesi. È cresciuto ad Arona e si è trasferito in Canada con la famiglia, a sedici anni. Sull'altra costa. Vancouver. Correva l'anno 1975.

Oggi è un quasi cinquantenne alto due metri, che mostra dieci anni di meno e insegna al dipartimento di studi italiani della McGill. Torna spesso in Italia, infatti l'ho incontrato a Bologna. Sono trascorse poche settimane, e sembrano già sfumare nel Mesozoico.

Eugenio ha scritto un libro su Calvino. Ha fatto uno studio comparativo di Calvino e Pynchon. Ha scritto un saggio su *La strategia del ragno* di Bertolucci. Si smuovono ricordi: *La strategia del ragno* fu uno dei film visti e discussi al «minicineforum» del Luther Blissett Project bolognese. Gli altri erano *Colpo secco* (con Paul Newman, il vero film di culto del Lbp) e *La casa dei giochi* (di David Mamet). Si usavano ancora i Vhs. Un'estate dei ruggenti anni Novanta. La risata di Eugenio mi scuote, torno al 2007, autunno.

Sono a cena con lui e Francesco, in un locale di cui non ho afferrato il nome.

Formula tipica della ristorazione montrealina: per una questione di licenze non possono vendere alcolici, però è possibile consumarli e allora il vino te lo porti da casa, quanto ne vuoi, e ci innaffi il cibo che loro ti servono. Te lo tengono anche in fresco se necessario.

Francesco non lo vedevo da almeno tredici anni. È un «cervello in fuga» dalla palude italica. È giovane, ma ha già alle spalle dottorati e corsi in Germania, Inghilterra e Stati Uniti. Oggi insegna Dante alla McGill, ma è un esperto di Pico Della Mirandola e sta curando un'edizione critica delle sue lettere. Ci lavora da anni. Io invece di Pico non so un cazzo, poco più della *vulgata* sulla sua prodigiosa memoria, la *Divina commedia* recitata al contrario ecc. Chissà, forse questa storia è una mezza minchiata, ma mi astengo dal chiedere lumi, Francesco deve averla sentita un miliardo di volte, quella domanda.

Un momento, di Pico so anche un'altra cosa: ne hanno appena riesumato il cadavere. Ma perché? E forse ricordo male, ma mi pare che, aperta la bara, abbiano trovato due piedi sinistri. Cioè un piede era di un altro. E quello destro non c'era più. Ma forse ricordo male... Stavolta sì, interpello l'esperto.

«Sai che ne so poco o niente?» risponde lui. «Non ho seguito la vicenda.»

Ok, lasciamo perdere. Francesco parla a voce bassa, cadenza bolognese inconfondibile ma soffice, con poca *gnola*. Ha partecipato alle prime performance di Luther Blissett e serbo per lui una gratitudine particolare: a casa sua si tenne una storica cena durante la quale volarono gli spunti per il mio primo romanzo, *Q*. E il suo appoggio è stato prezioso, quando si è trattato di organizzare questo viaggio.

La cena ha uno scopo non dichiarato: tranquillizzarmi. È il mio secondo giorno in città e soprattutto è la vigilia del mio intervento al corso di Eugenio. Dovrò raccontare agli studenti della mia attività di scrittore, rendere intelligibile la questione fondamentale, ovvero che sono parte di un narratore collettivo, un gruppo di persone che per raccontare storie ha scelto di cercare un'unica voce fatta di più voci. Come adesso.

Q e *54* sono stati pubblicati in inglese, ma non posso dare per scontato che i ragazzi li conoscano. Dovrò saper spiegare con semplicità la natura del progetto. Parlare della nostra fiducia nella cooperazione, della nostra idea che il raccontare, lo scrivere, le storie, tutto questo scaturisce dalla comunità e alla comunità deve tornare. E dovrò parlare della cosa più bizzarra: il mio ultimo romanzo mette i piedi nel piatto della storia canadese. Piedi bolognesi, ferraresi, napoletani, per una storia di indiani irochesi e coloni lealisti che, sconfitti a sud del San Lorenzo, dovettero rifugiarsi in Canada. Insomma, devo parlare dei loro antenati, delle scelte che fecero, di come e perché un collettivo di romanzieri italiani abbia deciso di adottare il punto di vista di un popolo nativo-americano. Una delle First Nations, come le chiamano qui.

Non è un compito facile. Vaglielo a spiegare che Salgari parlò di cacciatori di tigri in India, pirati in Malesia e spedizioni al Polo Nord. Nel mondo anglosassone Salgari è uno sconosciuto.

Vaglielo a spiegare che Sergio Leone rivoluzionò il cinema western. Li guardano ancora i western, i ventenni di oggi?

Per fortuna parlerò in italiano. Le lezioni del corso si tengono in italiano. Nojo volevon savuàr l'indiriss.

«Non preoccuparti, vedrai, sarà semplicissimo. Con tutte le presentazioni che fai in giro, cosa dovresti temere?»

E allora si parla d'altro. Del «sovranismo» quebecchese, per esempio. Montreal è Québec ma anche no, è diversa dal resto della regione, è una metropoli multiculturale, ma sotto il mosaico covano vecchie tensioni, e le tessere colorate continuano a spostarsi, l'immagine cambia. Il nazionalismo dei francofoni è uno strano animale, chissà se ci capirò qualcosa, nei pochi giorni che ho a disposizione.

Poi, in perfetto stile anglosassone, considerazioni sparse sul clima: io sono molto colpito dal caldo, perché fa *davvero* caldo, e in effetti mi confermano che le anomalie climatiche sono diventate regola anche da queste parti. All'ostello, su uno dei giornali locali ho trovato un lungo articolo sull'argomento. In prima pagina, di fianco ai commenti sulle elezioni imminenti, il signor Gary Vent, di Georgian Bay, dice all'intervistatore che dove sei anni fa attraccava la barca, ora può giocare a golf.

«Uso un bel ferro da sette» dice.

Quindi i tiri sono lunghi, deduco. Non so nulla di golf. Non c'entro un cazzo con il mondo contemporaneo. Sono nato in un quartiere operaio di Bologna, nel secolo scorso. Pochi mesi prima che Domenico Modugno vincesse il Festival di Napoli con *Tu si' 'na cosa grande*. In coppia con la Vanoni.

Il livello dei laghi. Erie: -11cm. Ontario: -16 cm. Lago Superiore: -54 cm. Huron e Michigan: -58 cm. In soli sei anni.

In compenso, il *global warming* rende il Canada terra di vini, con vitigni e produzione in crescita esponenziale.

Inevitabilmente, tocca al Belpaese. Commento con fastidio le ultime evoluzioni della nostra bolsa vita associata. Mi chiedono della tenuta del governo Prodi, se e quanto possa durare. Rispondo che tutto dipende dalle bizze di un pugno di senatori, o dagli ultimatum di formazioni politiche con percentuali da prefisso telefonico. E il Vaticano, il revanscismo di Ratzinger, la guerra santa sulle unioni civili... Eugenio ride, e ha ragione. È un tipo sereno, felicemente sposato con il suo compagno. L'Italia è vicina e lontanissima.

Ridiamo della quasi impossibilità di spiegare la politica nostrana agli stranieri, a chi non vive in Italia. Materia per iniziati fatta di codici segreti, astruse alchimie, grovigli di metafore consunte.

A un certo punto Eugenio commenta: «Insomma, ragazzi, bisogna proprio che lo dica. Io di Berlusconi non condivido nulla, ma proprio nulla, ma a cena con lui una serata la passerei. Ma con Prodi no. Con Prodi proprio no».

La cena finisce, il tasso alcolico è elevato, ci spostiamo a casa di Francesco, che vive in rue Milton, in un residence abitato anche da molti studenti, proprio alle spalle della McGill.

Dal piccolo terrazzo dell'abitazione riesco ad ammirare un po' di skyline. Montreal non è una città molto verticale ma da qui lo sembra, torre della televisione inclusa.

Mi incammino verso l'ostello, ondeggiante ed euforico. Mi faccio assurdi complimenti sul senso dell'orientamento, non sbaglio strada.

I ragazzi sono già nell'aula. Eugenio ha un residuo dell'ultima lezione da portare a termine, leggono e discutono Tondelli. *Un week-end postmoderno.* Ne approfitto per osservare l'uditorio. Una ventina di studenti, in maggioranza donne. Look, provenienze etniche ed età variegate. Eugenio li sollecita con alcune domande e in diversi rispondono: buona proprietà di linguaggio, pronuncia migliore di quella di certi italiani. Tondelli viene archiviato. Dopo un breve riepilogo delle informazioni già fornite su questa bizzarra band di scrittori italiani dal nome cinese, Eugenio mi cede la parola. Mi raccomando a Molly e Joseph: parlerò anche di voi, datemi una mano.

Parlo. Parlo. E parlo.

Question time. Un ragazzo si dice incuriosito e affascinato dalle idee di Wu Ming sul copyright. Ha navigato il sito per documentarsi e ha trovato interessante che i libri siano scaricabili gratis. Ma...

«... Ma come ha fatto Wu Ming a convincere gli editori ad accettare questo?»

Parlo. E parlo ancora.

La platea è vivace, un po' alla volta le domande si accumulano e arriviamo al punto cruciale, ecco la domanda, quella che mi aspettavo: perché nel mio ultimo romanzo racconto l'America, i conflitti che portarono alla nascita degli Stati Uniti, e per riflesso del Canada? Che c'entro io? Non la pongono così, ma è come la riformulo nel pensiero.

Molly, Joseph, è il vostro momento. Cerco di spiegare che l'America è parte di noi, di tutti, dell'esperienza di ogni abitante del pianeta, a cominciare dagli europei. L'America di oggi è nata dall'Europa. Da allora, l'Europa non è più stata la stessa. Da una parte all'altra dell'Atlantico, il nostro destino è intrecciato, le nostre culture si guardano in uno specchio deformante. Wu Ming lavora sulle fasi di transizione, i momenti in cui tutto potrebbe accadere, quando gli eventi non hanno ancora scelto una direzione precisa.

Wu Ming racconta storie meticce, figlie di tante possibilità, e storie di meticciato. Come quelle di alcuni vostri antenati, dico.

I vostri antenati. Joseph e Molly Brant della nazione Mohawk. Gli indiani più famosi del diciottesimo secolo.

Insieme a Pontiac, leader della più grande rivolta indiana di tutti i tempi. Pontiac, il cui nome vive nelle lamiere di un'automobile.

E «Mohawk» è un taglio di capelli, un aereo militare, una catena di distributori di benzina, un ippodromo a Campbellville (Ontario) e una lancia della guardia costiera statunitense.

Questo lo penso, ma non lo dico. Farei solo confusione.

A sud del confine Joseph è passato alla storia come «Monster Brant» – per via dei numerosi raid contro gli insediamenti bianchi che, a torto o a ragione, gli vennero attribuiti. Fu il più fedele alleato della Corona britannica durante la Guerra d'indipendenza.

Sua sorella, Molly Brant Degonwadonti, compagna del Commissario per gli affari indiani Sir William Johnson e madre di otto dei suoi figli, fu la matriarca dei Mohawk negli anni della guerra. Intorno a lei si radunarono i profughi irochesi, che riuscì a trasferire in territorio canadese.

Fratello e sorella traghettarono le Sei nazioni a nord del San Lorenzo, dove era ancora possibile sopravvivere e ritagliarsi uno spazio. Molly e Joseph si batterono a lungo per vedere riconosciuto il proprio impegno al fianco dei britannici, ottenendo concessioni territoriali e indennizzi.

Ecco, ora lo sapete. È per trovarli che sono qui. Per capire quanto ancora resti di loro nel Paese che hanno contribuito a fondare. E quanto la loro storia sia utile a capire l'America. E a capire noi stessi.

Non lo dico, ma lo penso forte.

7. Nostalgia del futuro

Per tutta la vita, Richard Buckminster Fuller (1895-1983) cercò di rispondere a una sola domanda. La specie umana ha una vera possibilità di sopravvivere su questo pianeta?

Nel 1933 chi fosse stato presente alla fiera di Chicago avrebbe potuto vedere in azione uno degli oggetti che per R. B. Fuller facevano parte della risposta.

Per Fuller, la risposta era *sì*. A patto che tutto fosse stato fatto, cioè *costruito*, diversamente. Economia nei materiali e nel design, e imitazione delle forme naturali.

L'automobile Dymaxion, per esempio, assomigliava a un pesce. Aveva tre ruote. La forma aerodinamica consentiva risparmio energetico e velocità. Lo sterzo posteriore era in grado di far cambiare direzione al veicolo in uno spazio ridottissimo. L'economia, per Fuller, era un concetto ampio. Non aveva molto a che fare con le concezioni del nostro tempo, tutte schiacciate sull'eterno presente della merce. La sua logica umanitaria, ingenua, geniale era il contrario esatto del capitalismo.

Durante una dimostrazione il prototipo della Dymaxion ebbe un incidente. Qualcuno sospettò un sabotaggio. Al suo confronto le altre auto, anche quelle nuovissime, anche quelle realizzate secondo i criteri del design *streamline* allora nascente, sembravano arcaiche, inutili. Mostruosi carrozzoni. Il design *streamline* traboccò in tutti gli oggetti d'uso nell'America del New Deal, dai telefoni alle chitarre, agli accendisigari, agli elettrodomestici. Mistificazione di futuro. Il futuro vero, quello praticabile, quello economico, non vide mai la luce. L'automobile Dymaxion non entrò mai in produzione.

Non che «Bucky» Fuller fosse ignorato, o non avesse notorietà. È che fu troppo spesso relegato nell'ambiguo dominio dei sognatori, degli utopisti, dei geni. Alcuni dicono che la prosa oscura dei suoi libri non abbia aiutato. Certo è che a lui si devono espressioni entrate nell'uso corrente, come *Spaceship Earth,* o *Synergy.*

Bucky Fuller perseguì fino alla fine il suo scopo. *Comprehensive Anticipatory Design Science*: il tentativo di risolvere in anticipo i problemi della specie umana, garantendo il massimo dei supporti vitali per ciascuno con il minimo delle risorse.

Un'idea che provò a celebrare in occasione dell'Expo mondiale del 1967, proprio qui a Montreal, erigendo un padiglione straordinario, il monumento più visibile e noto del suo pensiero. La struttura è una sfera geodesica. In una parola, *Biosphere*. Il modo più economico per costruire una grande struttura con il minimo dei materiali.

Per entrare nel corpo ideale di Fuller mi dirigo verso il parco Jean-Drapeau, un'isola in mezzo al San Lorenzo. Non so ancora nulla di lui. Conto di tornare in città con la navetta fluviale. Piove a dirotto. I montrealesi hanno un legame molto stretto con la città, intriso di malinconia. Il 1967, e l'idea di futuro che l'Expo conteneva, sono storia, sono passato, avvengono ora come richiamo alla memoria collettiva, uno tra molti modi per guardarsi in volto e interrogarsi su se stessi.

Forse la gente che vive qui ci ha fatto l'abitudine, ma Biosphere, la sfera che fu il padiglione statunitense all'Expo, è qualcosa che dà le vertigini.

In mezzo al parco, tra i gabbiani, il verde e le acque, sembra il monumento di una comunità utopica da fantascienza inglese anni sessanta. È un ricordo culturale proprio perché è così alieno rispetto alla mia esperienza. Da noi certe cose sono terrorizzanti. Non si possono costruire. Sono attentati all'identità.

Biosphere, ora, è una specie di museo con fini didattici dedicato al genio che lo costruì, e a una prospettiva, un'ideologia del futuro ormai del tutto rétro, qualcosa da volume dei *Quindici* che sfogliava mio fratello maggiore nel 1969, con noi che avremmo abitato sulla Luna e avremmo viaggiato su autostrade computerizzate, e saremmo andati in volo fino a scuola con microjet sistemati a mo' di zaino sulle spalle, come James Bond.

La scuola elementare. L'età in cui il mondo riserva sorprese.

Ci sono cannocchiali puntati su ogni direzione, puoi vedere Montreal, l'altra riva del San Lorenzo, ma è interessante puntare le lenti verso Habitat 67, un complesso residenziale realizzato in concomitanza con l'Expo, che allora doveva sembrare davvero avveniristico. È un altro concetto di futuro. Cubo contro sfera: Habitat 67 ha qualcosa di solido, tellurico.

Il mandala elementale della Terra è un quadrato, quello dell'etere una sfera. Prendere casa a Habitat 67 è molto *in*, presso una certa borghesia giovane e colta.

All'interno di Biosphere, su uno schermo, gira in loop il documentario introduttivo all'Expo, realizzato da Vincent Vaitiekunas. La musica è vagamente circense. I volti, i corpi delle persone che si riversano nell'area dell'Expo attraverso i cancelli d'ingresso appartengono a un mondo trascorso. Non è tanto questione di abbigliamento, non è la pellicola *Sixties* dai colori accesissimi. È qualcosa nel corpo, ciò di cui si nutriva, cibo per fare tessuti e informazioni per fare mente, che poi diveniva gesti, azioni, parole, concetti. Io ho ricordi diretti di quel mondo. Ho vestito quei panni, in versioni infantili. È passato un oceano di tempo, il futuro è rievocazione. Sullo schermo, un bambino in pantaloni corti cammina a fianco della madre. Due suore parlottano, una ha una borsa della spesa in mano. Una bambina bionda rotea un parasole giallo. Una veduta dell'isola dall'alto, immenso luna park. Ancora persone che entrano ed escono, attraverso transenne parallele, in fila indiana. Sembra una metafora. Il resto del viaggio la chiarirà.

8.
Il rumore del passato

Purple Haze: intro

Perseguire una deriva. Ossimoro chiaro. Cercare la casualità, la sincronicità, l'incontro fortuito: l'anno dell'Expo, il 1967, è uno degli anni cruciali nella storia della cultura popolare del secolo scorso. È l'anno di una grande mutazione all'interno della forma d'arte forse più rappresentativa e importante di quel secolo. Sulla *West Coast* è l'Estate dell'Amore. Qui, a Montreal, come nel resto dell'America profonda, è la fase finale di una stagione che sarà nota a posteriori come garage punk. Rock'n'roll approssimativo, velleitario, suonato da band senza futuro, eppure in grado di proiettare attorno a sé un'aura di energia senza compromessi, fuori dalla storia, e assurgere a dimensioni di culto. Anche oggi ci sono fanatici (io tra questi) che seguono con rispetto e venerazione ogni ristampa del periodo. Band texane, del midwest, olandesi, neozelandesi. E, ovviamente, canadesi.

Gli Haunted, di Montreal, avevano un'immagine dura, da bad boys. Fondati dal bassista Jurgen Peter, nella precedente incarnazione erano una band che suonava solo strumentali. Si chiamavano Blue Jays. Era il 1963. Qualcuno sostiene invece che i Blue Jays fossero una band di liceali con la quale Jurgen Peter suonò una volta sola. Il primo singolo degli Haunted, *125* (1966), entrò in classifica in Canada e destò interesse negli Usa. Le influenze erano ovvie: Stones, Them, Animals, ma a differenza di altre band simili gli Haunted avevano una netta influenza soul, e fecero anche una versione di *Purple Haze* di Hendrix in francese. La prima volta che ascoltai *125* fu a metà degli anni ottanta. Era diventato uno dei cavalli di battaglia dei Fuzztones, oscuri eroi del revival garage punk di metà decennio.

Improvvisamente, mi sembra di vitale importanza cercare le tracce degli Haunted, qui, a Montreal. Se riuscissi a scoprire più cose sul loro conto, magari capirei qualcosa di più dei trascorsi della città. Jurgen Peter, Bob Bosak, Nick Saraceno, Al Birmingham, John Monk: cognomi che attestano le provenienze etniche più disparate. Sembra che per qualcuno i tunnel o le transenne d'accesso all'Expo siano comunicanti, dopotutto.

Gli Haunted, eroi dimenticati della Montreal prepsichedelica. Capelli a caschetto, jeans a tubo, stivaletti a punta. Testi incomprensibili. Musica approssimativa e selvaggia. Musica da un'altra era cosmica.

Un classico psichedelico rifatto in francese.

Mi dirigo verso Avenue Duluth. Sulle guide, ho letto che si tratta del cuore della vecchia Montreal hippy.

Dall'ingresso su Duluth, in Boulevard St. Laurent, vedo il fianco della Montagna. Dopo pochi giorni, la mole pacifica è già divenuta punto di riferimento.

Duluth è una strada che conserva un'atmosfera alternativa, tutto sembra muoversi più lento. Muri coperti di graffiti, alcuni nello stile di strada odierno, altri più simili a vecchi murales politici, o freak. Sulla parte sinistra della strada c'è una taverna portoghese, più avanti piccoli bistrot. Entro nell'ultimo, vicino a un negozio di artigianato tibetano. Gli avventori *sono* hippy. La versione moderna, contemporanea, colta. La musica in sottofondo è orribile: new age arabeggiante. Mi guardo intorno. Sono tutti più giovani di me, tranne una coppia, all'ultimo tavolo all'angolo.

Prendo un caffè, attendo. Il tempo scorre, nessuno sembra avere niente da fare. Qualche studente batte su tasti di computer.

Purple Haze: come non è andata

L'uomo della coppia âgée dice qualcosa ai due dietro al bancone. Si sta lamentando della musica.

Deve essere un cliente abituale, avere qualche influenza. La nenia new age sfuma.

Dopo qualche secondo di silenzio parte *qualcosa di completamente diverso*, per citare dei grandi precursori. Rock'n'roll. Bo Diddley dal vivo. I Free, chissà perché. *I Feel Free*, dei Cream. Poi, una voce che mi sembra di riconoscere. È una versione di *I Can Only Give You Everything* dei Them. Sembrano gli Haunted, ma il suono è diverso dal pezzo che conoscevo. Più secco.

Mi avvicino al bancone. Chiedo il nome della band che sta suonando. In francese, o meglio in quebecchese, l'uomo dietro al bancone dice di chiedere all'uomo dai capelli bianchi, nell'ultimo tavolo d'angolo.

«Haunted. Era una vecchia band di Montreal.»

«Li conosco. Quelli di *125*. Jurgen Peter.»

Di colpo, gli occhi dell'uomo sembrano accendersi.

«Li conosci? Di dove sei?»

«Bologna, Italia.»

«Potevano diventare qualcuno. Jurgen Peter era molto amico di mio fratello.»

«E tu li hai mai visti?»

«Parecchie volte. A me, allora, non piacevano. Ascoltavo Dylan, Joan Baez. Andavo all'Uqam.»

Silenzio. Ancora gli Haunted, questa volta è proprio *125*, in una versione che non conosco.

«Non ho mai capito di che cosa parla il testo.»

«Nemmeno io. Penso di droga.»

«Già.»

«Già. *My name's Mary Jane, I live down the lane...*»

Interviene la donna. «Era musica *cheap*» dice. Usa proprio quel termine. In Italia diremmo da «quattro soldi».

I due mi guardano. C'è un'educata domanda negli sguardi. Imparerò a conoscere questo modo di interrogare con gli occhi, durante il resto del viaggio.

Purple Haze: come è andata

Mi chiedo come potrei muovermi. La ricerca della sincronicità non può avvenire attraverso sforzi consapevoli. Sento che c'è una relazione tra il luogo che mi ospita, un caffè alternativo in Avenue Duluth, e quello che sto cercando. Non riesco a capire la natura di questa relazione: sento che qualcosa, qui, o qui vicino, è accaduto e riguarda gli Haunted. Ma non ho chiavi per entrare: potrei avvicinarmi alla coppia âgée nell'ultimo tavolo in fondo, sulla destra del bancone, e chiedere. Forse potrebbero indicarmi qualcuno, qualche reduce di quell'era, che magari ha aperto una libreria, un negozio di dischi. Qualcuno che ne sa di più. Rifletto che, comunque, la separazione tra gruppi linguistici doveva essere meno accentuata in quell'epoca. Nessuno nella band ha un nome francese, eppure uno dei pezzi forti del repertorio era cantato in francese. Dovevano avere un pubblico misto. Come la provenienza dei cognomi.

Perdo il momento buono. La coppia paga ed esce. La vedo allontanarsi oltre il vetro, scendere verso Sherbrooke. Il caffè che sto bevendo non è particolarmente buono. La nenia new age è deprimente.

Tornando verso l'ostello penso che la ricerca potrebbe essere più fruttuosa se riuscissi a incrociare qualche fanatico locale, uno di quelli che ascolta solo vinile, inutile cercare reliquie in luoghi che sono l'ombra di ciò che furono. Ho visto molti negozi di dischi e non dovrebbe essere impossibile. Al Gite du Plateau St. Laurent l'accesso a internet è regolato da una specie di tassametro da parcheggio anni cinquanta che funziona a monete da uno o due dollari. La moneta da un dollaro si chiama *loonie*.

Digito *Haunted, Montreal*. Viene fuori un elenco di case stregate. È un vero e proprio business locale. Le case stregate, di solito, si visitano a pagamento. I canadesi devono aver smesso di credere ai fantasmi non troppo tempo fa. Digito *Haunted, Montreal, 125*, e viene fuori un brevissimo profilo della band. C'è pochissimo in rete su di loro, tutte cose che conoscevo già dalle note di copertina dei dischi. Non è la via giusta. Occorre battere altre piste.

All'incrocio tra Rue St. Denis e Sherbrooke c'è un negozio di dischi in vinile. Mi viene in mente come un lampo, l'ho notato la mattina dell'escursione a Jean-Drapeau, nell'isola di Bucky Fuller. Esco dall'ostello a grandi falcate.

Il commesso annuisce. Haunted, certo. Il posto giusto, mi dice, è circa cinquecento metri più in su lungo St. Denis, sulla sinistra, verso il Plateau. Il proprietario del negozio è un fanatico dei *Sixties*, mi dice. Probabile abbia un contatto.

Mi precipito. Questa faccenda sta assumendo un'importanza inaspettata nella mia economia sentimentale di viaggiatore riluttante. Rifletto su quanto sia importante il rock'n'roll nella mia vita, come questa energia che ho conosciuto nel 1977 comprando un disco dei Ramones stia ancora lì, rannicchiata in un angolo, pronta a farsi riconoscere e a vibrare.

Dovrei esserci ormai. Passo dall'altra parte di Square St. Louis, saluto mentalmente vecchi, scoiattoli, alberi e pusher.

Il negozio ha un insegna rossa, assolutamente rétro. Si chiama *Primitive*. Perfetto. Ma è chiuso. C'è un cartello: si riapre il 7 ottobre.

Tanto a Montreal ci devo tornare.

9.
Square St. Louis

Gli scoiattoli sono ovunque. Li osservo dalla finestra della stanza, che guarda un cortile interno. Scoiattoli grigi, ci sono anche da noi, in Italia, fuggiti da qualche allevatore o parco a tema, e hanno quasi soppiantato i rossi scoiattoli europei. Strano chiasmo, strana retribuzione karmica. Sono veloci, si muovono sicuri. Sono come topi aerei, sempre esposti al vento, mi chiedo se ci sia qualche forma di competizione coi ratti che, comunque, devono abbondare. Il cortile è cemento, legno scuro, erbacce. Puoi immaginare bande di ragazzini vestiti anni Trenta, Grande depressione, fionde e coltelli in tasca, oppure giocano a baseball, preparano qualche malefatta. In alto, le nuvole si muovono velocissime.

Lascio la stanza per fare colazione e passeggiare nella zona attorno all'ostello.

Al mattino i suonatori ambulanti offrono musica classica. Verso mezzogiorno, jazz oppure bluegrass, o country. Alla sera, coerentemente, rock'n'roll. Tutta la zona attorno all'Uqam, l'università francofona in pieno

Quartier Latin, rappresenterebbe una sorta di incubo per gli amministratori della mia città. Locali su locali con musica dal vivo e ad alto volume, fumerie, negozi di abbigliamento alternativo, una specie di mini-Amsterdam con tanto di punkabbestia lavavetri.

L'area tra il Plateau e il Quartier Latin, entrambe zone alla moda, è bohémienne, ci sono molti studenti, molti locali e ristoranti, negozi di dischi e librerie specializzate. Il cuore della vecchia Montreal hippy, Duluth, è poche strade più a nord. Seduto su una panchina in Square St. Louis , tra vecchi che discutono nel loro incomprensibile francese, piccioni e scoiattoli, guardo la gente affrettarsi verso il lavoro, o verso la McGill, pochi isolati più a est, lungo Sherbrooke. Come accade sempre quando un luogo risuona con qualcosa dell'esperienza trascorsa, mi trovo a pensare come sarebbe la vita quotidiana lì, per me, in quella parte della città dove tutto dice la nostalgia dell'Europa e tutto ne testimonia la distanza, migliaia di miglia di oceano, secoli di separazione. Provo a immaginare come sarebbero le mie giornate, e quali sarebbero i miei affetti. Nessuno ama sentirsi straniero.

Square St. Louis è il luogo dove mi sento meglio, decido. È una piazzetta contornata d'alberi, circondata dalle case tipiche di Montreal, con scale esterne di metallo e mattoni che in inverno il ghiaccio trasforma in scivoli micidiali. Scelta architettonica inspiegabile. Ne ho chiesto i motivi a tanta gente, nessuno mi ha dato una risposta certa.

Guardo i volti delle persone, il loro abbigliamento informale, e penso allo sguardo dei bolognesi del centro, quelli di mezza età, che sono usi squadrarti dalla testa ai piedi, e dalla qualità di scarpe e abbigliamento decidono se sei persona da temere, da rispettare, da snobbare o da considerare tuo pari. Penso a quanto di quelle idiosincrasie vive nella mia carne e nella mia mente. Penso alla piccolezza, all'angustia di un'appartenenza secolare. Penso alla decrepitezza, alle famiglie senatorie della mia città, a vescovi e cardinali, ai paramenti, alle sezioni di partito, ai fascisti delle periferie e del centro. Ho sempre cercato di fuggire.

Infatti, eccomi qui.

Mi sento libero, lontano da casa. Qui, in Square St. Louis, gli alberi sono rossi e gialli, un tappeto di foglie copre il grigio dell'ardesia.

10.
Tanya Wong

Pranzo in un ristorante indiano, *Du Pain de l'Inde*, economico, senza pretese, vicino a una libreria e a un angolo di cortile dove si trovano punkabbestia, molto meno filologici di quelli visti nel Quartiere Latino. L'odore del cibo speziato è consolante: oggi non sono di buonumore. Forse il fallimento sulle tracce degli Haunted mi ha condizionato. Il ristorante è minuscolo. Il proprietario è un sikh.

L'ultimo lungo viaggio prima di questo è stato l'India.

Ora ho capito: il centro di Montreal è un insieme incongruo di isolati. Seguendo certe prospettive, certi scorci, pare di intuire una coerenza di fondo. È un effetto prospettico. Occorre camminarla, la città, per capire. Sherbrooke conosce una lunga, illusoria coerenza dovuta alle banche, agli edifici della McGill, ai grandi alberghi. Negli interstizi, svoltato l'angolo, imboccata una strada secondaria, ecco la povertà, la marginalità. Quello che in Italia chiamano *degrado*.

I punkabbestia ci sono anche qui. Però non chiedono l'elemosina, fanno i lavavetri ai semafori, e tutti sembrano accettare la cosa di buon grado. Se potessi, per puro divertimento, li importerei questi ragazzi, cani compresi. Oppure, chissà, esporterei qui qualche sindaco italiano.

Molti mendicanti sono nativi. Penso che tutto ciò che vedo, tutto ciò che è stato edificato, tutta la storia in cui mi trovo a muovere i passi è frutto di un genocidio. È come se l'ingiustizia emanasse odore acre, ferisse le narici. L'intero Nord America è così. L'intera America è così.

Al museo McCord di Storia canadese, l'esposizione ha come tema: crescere a Montreal. Il museo è su tre piani. Come nella mostra all'aperto il giorno seguente l'arrivo, c'è uno spleen appena percepibile, necessità di fissare lo sguardo nello sguardo che proviene dal proprio passato, occhi negli occhi con uomini e donne appartenenti ad altri tempi, ad altri giorni.

I reperti dimostrano cura meticolosa, attenzione maniacale verso ogni risvolto della vita quotidiana, un tentativo di comprensione delle vite trascorse attraverso gli oggetti, la cultura materiale delle generazioni che si avvicendano sul pianeta. L'esperienza urbana di Montreal è raccontata attraverso campi tematici: scuola, riti, sport. Di fronte alla foto di cresime, battesimi, comunioni mi rendo conto che i ragazzi di Montreal sono passati attraverso i nostri stessi rituali. Il tessuto del loro quotidiano, i sogni e le aspirazioni, sono stati e sono simili ai nostri. Penso che di fronte a queste foto, a questi oggetti, potrebbe sciogliersi uno degli interrogativi sulla identità quebecchese, canadese e americana in generale. Queste donne e questi uomini siamo noi, allo specchio.

Una grande fotografia mi riporta a uno degli scopi del viaggio, seguire le piste canadesi degli eroi del mio romanzo, della loro gente. È la squadra di *lacrosse* della riserva di Kahnawake, la data è il 1867. Sono Mohawk, vestiti con abiti inglesi, da cricket, si direbbe: le mazze in mano, in posa, espressione fiera. Poi c'è un'altra foto, successiva, e nella squadra ci sono anche dei bianchi. Nessuna separazione è ermetica, perché ogni separazione tra gruppi umani è, in fondo, artificiale. Il lacrosse, uno sport di origine nativa, duro, violento, era dove indiani e bianchi erano avversari, non nemici. Esistevano squadre miste.

Mi siedo a prendere appunti davanti a uno schermo che trasmette interviste. In francese e in inglese, donne e uomini di età ed estrazioni etniche disparate raccontano come è stato crescere a Montreal, quali sono state le cose che hanno amato, i luoghi d'elezione, i fatti eclatanti.

C'è una ragazza cinese, sui sedici anni. La voce è dolcissima, un'inflessione lievemente nasale, ipnotica. Sembra familiare. Dopo qualche secondo sono certo di conoscerla.

La fine dell'intervista conferma la sensazione. Appare il nome: Tanya Wong. Eravamo in India insieme, due anni fa. Ci siamo conosciuti là, e là è nata un'amicizia. Ora vive a Hong Kong, si è sposata, ha una bambina. Ricordo che mi aveva detto di essere cresciuta in Canada.

Mi viene in mente un'immagine. Insieme cerchiamo di difendere un vassoio di dolci indiani da un branco di scimmie, alla stazione di Haridwar.

Le sincronicità non possono essere cercate. Il mio umore è in netto miglioramento.

11.
Ninnoli e insonnia

I giorni rotolano, già quasi una settimana, ho i piedi frantumati da miglia e miglia percorse e da calzature inadatte, ma non mi arrendo. Dormo due o tre ore per notte, poi non c'è più verso, e allora mi fiondo in strada a orari impossibili, prima delle cinque del mattino. Mi rifugio nei caffè aperti ventiquattr'ore su ventiquattro, tanti e sparsi un po' ovunque. Quasi tutti hanno la connessione internet. Scambio mail con chi è rimasto a Bologna, mentre bevo litri di caffè e faccio colazioni antelucane.

Comincio a sentire la sensazione di libertà incondizionata propria del viaggio.

All'angolo tra la Gauchetière e rue Jeanne-Mance si apre la Chinatown sul San Lorenzo, con tanto di porta e dragoni che introducono al quartiere. È piccola, ma in tutto e per tutto aderente ai ricordi culturali sulle Chinatown americane. In pratica, poche vie di ristoranti, erboristerie, negozi di artigianato, centri di massaggi, uffici di cambio, agenzie di viaggio. Odore pungente di spezie e cibo fritto. Qualche isolato di stanca oleografia e si sbuca nella Vecchia Montreal, per un pezzo inglobata dentro Pechino, non lontano dal porto. Uno strano miscuglio di stili architettonici si sussegue, preludio all'incredibile quantità di idiomi che si possono ascoltare in poche decine di metri. È la globalizzazione, bellezza, che qui proietta le sembianze dell'intero pianeta nell'arco di due o tre strade.

Scendo verso Nôtre-Dame, Champ de Mars, rue St. Claude e rue St. Gabriel, la parte della città edificata per prima, quella che custodisce la memoria.

Nôtre-Dame è imponente. È un'attrazione turistica, si paga un modesto biglietto d'ingresso, più elevato se si vuole assistere al light show.

La chiesa mi piace. È cattolicesimo esule, stucchi dorati, statue, vetrate. L'organo è immenso. Vago tra le navate, confuso tra la folla dei turisti. Mi sento a mio agio, di solito le chiese mi pacificano, c'è silenzio, ma qui il silenzio è proprio quello che manca.

È l'ultimo giorno qui e provo affezione, nostalgia, intimità, vicinanza. Questo luogo mi piace, benché sia imprendibile, prismatico, in apparenza tranquillizzante e invece capace di spiazzarti, di prenderti alle spalle. È come se la tua percezione fosse sfasata di un quarto di secondo, e non avvertissi i discorsi se non attraverso l'eco, sempre un po' in ritardo.

Fuori dalla chiesa mi perdo nella rete di piccole vie. Mi imbatto in una serie di negozi di artigianato nativo. Decido di entrare.

L'interno è disturbante. Ovunque, costosa paccottiglia. So che alcune realtà aborigene traggono sostentamento da questo tipo di mercato, ma mi sembra tutto falso, lontano, sfocato. Capi in pelle con frange. Cinture con decorazioni d'argento. Acchiappasogni realizzati in serie, alcuni con code di pelliccia appiccicate. Mocassini di tutte le fogge. Stivali inuit. Sculture tradizionali inuit, che sembrano molto in voga. In realtà molti degli oggetti sono realizzati da artisti che hanno frequentato scuole d'arte e mostrano una completa padronanza del patrimonio culturale su cui innestano influssi europei. Le sculture hanno una loro potenza. Sublimano l'ossessione intellettuale per l'autenticità. Una foca. Un orso bianco. Narvali. Balene. Un'aquila. Un *inukshuk* in ambra.

Gli *inukshuk*, mi spiegano, sono costruzioni di rocce vagamente antropomorfe, che servono a indicare direzioni, a segnare luoghi eminenti nel paesaggio sempre uguale dell'estremo nordovest. Ora vengono riprodotti in tutte le dimensioni e in tutti i materiali.

Il Grande Rimosso del Canada, la questione indigena, è un paio di occhiali da inforcare quando ti vuoi bagnare in acque presuntamente incontaminate, e parlare di un popolo «migliore del nostro», infarcire il discorso di paccottiglia new age, esotismo, paternalismo, razzismo stile *gli indiani sì che vivevano a contatto con la natura e la rispettavano.* I negozi sono tutto questo. Decido che non comprerò nulla, né qui né altrove.

La rimozione del «fardello indiano» è la crepa maggiore che incrina il multiculturalismo canadese. Vivi e lascia vivere... anche se a qualcuno tocca morire.

L'impero britannico non ha mai accettato l'ibridazione. La convivenza tra diversi è stata postulata per discontinuità, basata sull'equilibrio di differenze originali, culture a compartimenti stagni. Difficile ammettere la natura bastarda, meticcia, del territorio che si abita.

Sangue misto scorre nelle vene di ciascun gruppo etnico presente su questo suolo, ma è una verità scomoda. La retorica positivista che ha fondato il Canada moderno dice tutt'altro: a ogni cultura il proprio spazio. Un modo meno cruento, paternalistico e ipocrita, di chiudere le popolazioni nelle riserve, con la scusa di proteggerle dall'impatto con la civiltà europea.

Oggi nessuno pronuncerebbe la parola «riserva», non è politicamente corretto (anche se nello slang dei nativi esiste il termine dispregiativo «rez»). In compenso nessuno di coloro cui finora ho chiesto informazioni sul più vicino «territorio indiano», Kahnawake, mi ha saputo dare informazioni precise.

Raggiungo la stazione degli autobus. È tempo di ripartire. Seguire le piste della storia che mi hanno portato qui. Devo raccogliere informazioni sugli spostamenti che mi aspettano. Parlo con gli impiegati, entro in un'agenzia turistica. Notizie su come spostarsi verso Québec, oppure, in direzione Ontario, per Kingston, Brantford, Toronto. Tariffe di autobus e voli aerei, orari e indirizzi, dépliant di crociere sul San Lorenzo e itinerari turistici.

Stabilisco che l'autobus sarà il mezzo preferenziale di spostamento: è il più economico, e garantisce l'attraversamento fisico del territorio, un servizio di cinema dal vivo che nessun altro assicura.

Dove il fiume si allarga
Québec, 1-4 ottobre 2007

12.
Interludio

La notte prima della partenza per Québec ho fatto un sogno. Ero in compagnia di uno dei vecchi amici. Enea era sicuro di sé, sopra le righe, come sempre. Avevamo un compagno. Un animale domestico, che rispondeva a ogni nostro richiamo. Era un serpente, brillante, iridescente, e io sapevo che era un mamba verde. Sedevamo sulla panchina sotto casa, quella dell'infanzia. Il serpente vegliava ai nostri piedi, come un cane da guardia. Io mi sentivo al sicuro, anche se mi chiedevo perché Enea avesse scelto un compagno così impegnativo.

Sedevamo, ascoltavamo i Troggs e i Ramones. Lo so perché ci scambiavamo le copertine, quelle dei dischi in vinile, grandi, importanti, e leggevamo i titoli dei pezzi e i nomi dei musicisti.

Poi ci alzavamo, e il serpente ci seguiva. Entrava in un tombino, noi avanzavamo di qualche passo, Enea rimaneva indietro e fischiava. Io dicevo che i serpenti sono sordi. Enea mi diceva: «E tu sei sordo?». Io pensavo che se il serpente mi avesse morso, sarei morto in sette secondi. Mi piaceva la perfezione della cifra: sette secondi. Poi eravamo nella casa alle spalle di quella paterna, il cortile era invaso di erbacce, nessuno ci abitava più. Una donna stava cercando di convincere qualcuno all'acquisto. Anche se la scuola è vicina, diceva, i bambini non fanno troppo rumore.

La scolaresca usciva dalla scuola. Io mi vedevo uscire. Ero proprio io, camminavo verso casa con la cartella sulle spalle.

La periferia della metropoli si apre dietro di me. Il bus procede, andatura cronometrica. L'ambiente ai lati dell'autostrada, quello sì è un non-luogo mondiale. Centri commerciali, aziende, fabbriche, venditori di case prefabbricate, fast food. Dopo qualche decina di chilometri l'effetto si dirada, e si attraversa la campagna, solcata di corsi d'acqua e punteggiata di laghi, la provincia, attorno, i dolci declivi dei Laurentides, i boschi, vastissimi eppure in qualche modo contingentati, pianificati.

Sono carico di aspettative. Il sogno mi sembra pregno di significati. Non ho nessuno che «sogna forte», vicino, nessuno con cui confrontarmi. Non c'è Molly a chiarire che cosa il sogno vuole che io faccia. Molly Brant era una sciamana. Per la sua gente, il mondo vero è quello del sogno, e questo ne è un riflesso.

13.
Tra le mura e il fiume

Québec, 2 ottobre. Il giro delle mura sospende il viaggiatore in un antitempo. Il vento del San Lorenzo batte i bastioni erbosi. C'è silenzio, le folate accompagnano la riflessione, la meditazione. Camminare, che è il segno di questo viaggio, diventa facilmente un'attività introspettiva.

C'è un valore aggiunto nel percorso della cinta muraria. Questo luogo che ne circonda un altro sembra disertato dalla folla di turisti americani e cinesi. C'è solo qualche giovane coppia, e una compagnia di punk rocker appoggiata a un vecchio cannone di bronzo, puntato verso la pianura.

Il centro storico si divide in città alta e città bassa. Sono unite da una lunga scalinata, e da una funicolare, che in realtà è una specie di ascensore obliquo, a cremagliera. La città bassa ha un'aria fittizia, assemblata, molto più della parte alta. Solo attività commerciali, inevitabile il ristorante italiano, inevitabili i negozi di memorabilia aborigeni, inevitabile tutto, in un luogo che è preso di mira ogni weekend da folate di turisti attempati. Mentre scendo sulla cremagliera, lo sguardo si perde verso le cime spoglie e tondeggianti dei monti al di là del fiume. Sembrano vicinissimi, l'aria è tersa. Sono impressionato dalla vastità delle acque, dalla velocità inconcepibile con la quale scorrono le nubi.

Alloggio all'Auberge de la Paix, al 31 di rue Couillard. Condivido letti a castello, materassi di gomma, odori e respirazioni con i miei compagni di stanza. Nel letto a castello in fondo, vicino alla finestra, dorme un francese enorme, occhiali spessissimi, qualche problema di coordinazione ed eloquio. Ha l'aspetto di chi è riuscito a sopravvivere fino a quell'età (dev'essere appena più giovane di me) nonostante il disprezzo e l'indifferenza. Qualcosa nell'uomo mi tocca. Altissimo, russa come un mantice, le gambe in alto, oltre il bordo del letto, fino a metà polpaccio, i piedi nudi. Nei giorni seguenti si sveglierà sempre attorno alle dieci di mattina, per rientrare alle sette di sera, molto ubriaco – l'area attorno all'Auberge de la Paix è un brulicare di pub e taverne – e schiantarsi sul letto vestito.

C'è una ragazza nel letto in basso, dall'altra parte. Legge libri italiani. Non apre mai bocca. Dorme alla Paix soltanto due notti. Poi scompare.

In alto, dormono due americani sui sessant'anni, capelli lunghi, code imbiancate dal tempo, aria stoica. Reduci dai giorni della controcultura, probabilmente. Persone discrete, educate. Viaggiando a livello della strada, tra ostelli e stazioni di autobus, è il solo modo di comportarsi: l'arroganza e l'invadenza devono essere bandite. Il rispetto deve prevalere.

Mi piace l'Auberge de la Paix. Risale a un'epoca in

cui *certi valori* erano importanti. Una strana etica hippy-puritana, autodisciplina, condivisione: stai lì, e ti senti *veramente* in viaggio.

Attorno, non ho chiavi per cercare un'esperienza reale che riguardi la città. Mi sento in un acquario, una trappola per turisti anziani. So che ci deve essere dell'altro, che i negozi di souvenir e artigianato indiano sono solo una facciata, che esiste un'essenza quebecchese, da qualche parte. Allora giro la città vecchia palmo per palmo, ogni chiesa e museo, ma queste, per l'appunto, sono chiese e musei. Reagenti in grado di scatenare processi nella chimica del cervello, elucubrazioni, ipotesi, ricostruzioni. Ma qualcosa, a Québec, mi sfugge.

Québec è un monumento alla lontananza, all'impossibilità. Il San Lorenzo si apre immenso davanti alla città, diviene mare, l'Europa getta un'ombra spessa. L'oceano collega o divide?

Sento una spinta irrefrenabile alla demistificazione: l'ossessione per l'identità, visto il luogo e i fatti da cui provengo, mi mette a disagio, la francesità di Québec, l'insistenza sull'alterità, sulla diversità... In questo modo, però, perdo di vista le ragioni di un popolo, i francofoni d'America, che ha subito tentativi di assimilazione forzata, prima che trionfasse l'ideologia del multiculturalismo.

Dovrei essere più equanime.

14.
La Chapelle du Musée

Alla ricerca di senso, devo immergermi nel passato. Per molti turisti, qui, Québec è la «cosa più antica» che abbiano mai veduto. La raffinatezza dell'europeo colto mi taglia fuori da qualcosa che dovrei avvertire o provare. È una sensazione spiacevole. Sono giunto a Québec carico di aspettative, all'ombra di un sogno auspicioso. Da qui Joseph Brant e gli eroi del mio romanzo sono partiti alla volta di Londra. Dovrebbe essere un luogo da caricare di affettività. Mi sento invece spaesato. Rimpiango Montreal, da subito. La reazione: circondarmi di mura antiche o presunte tali, cercare l'analisi, riflettere, meditare.

L'entrata del museo dell'America francese è una cappella consacrata nel 1900, costruita sui disegni della cappella precedente (1750) andata distrutta. L'architetto è Joseph-Ferdinand Peachy, cui si devono molte costruzioni storiche in tutta la provincia. L'atmosfera sembra tardobarocca, verticale, mistica, ma lo stile è il cosiddetto «secondo impero», e l'interno assomiglia a quello della chiesa della Trinità, a Parigi. All'interno della cappella l'aria è un sospiro che solleva da terra, pregno d'incenso. Questa è la casa del dio che decretò la fine delle culture indigene.

La nostra essenza, il nostro compito storico è la distruzione. Siamo noi a portare la specie e il pianeta verso l'esito finale del *Kali Yuga*. Messia benedicenti, sacri cuori aperti alla vista di chiunque, sanguinanti. Reliquie.

La cappella ospita la più importante collezione di reliquie di tutto il Canada. Ce ne sono circa seicento. Un tempo venivano esposte tutte, ogni primo novembre.

C'è un dipinto che ritrae sant'Antonio da Padova. Risale al Diciassettesimo secolo. Le vetrate, invece, sono novecentesche. L'organo: lo strumento si chiama come i pezzi di corpo che ci tengono in vita, se funzionano bene, e come un trattato di logica attribuito ad Aristotele.

La nemesi, l'estirpazione, il genocidio sono sempre stati presentati come una variante del sapere matematico, razionale, costruzioni di note come cattedrali intellettuali, polifonie complesse, fughe azzardate. Attorno, i nativi scomparivano. Nuovi padroni si sostituivano ai francesi. La loro versione dello stesso dio sembrava ancora più ostile al mais, alla zucca e ai fagioli, le divinità indigene. Ostile alla terra e alla donna.

Mi muovo verso il vero scopo della visita, attraverso a piedi il cortile del seminario ed entro nel museo vero e proprio. La mostra sulle culture indiane del San Lorenzo al momento del contatto è ricca, organizzata per gruppi tematici, estremamente dettagliata. Le genti che abitavano qui, nel Diciassettesimo secolo, appartenevano allo stesso ceppo linguistico dei Mohawk che ho raccontato in *Manituana*. Ma all'epoca dei fatti narrati nel romanzo, queste culture erano scomparse, ritornate alla terra da cui erano sorte. Altri popoli indiani abitavano ormai l'area, popoli prevalentemente cacciatori.

Pannocchie fossili. Punte di frecce. Imbarcazioni. Giocattoli di bambini, animali in terracotta. Vasi. Ricostruzioni di lunghe case, pesci a essiccare.

La vita che percorse quei corpi è lo stesso fenomeno, lo stesso processo, lo stesso istante puntiforme che racchiude tutte le esperienze in corso, siamo uniti a tutta la vita che è stata e a quella che sarà, perché siamo la stessa cosa, una tautologia cosmica che vive, muore, vive. Anche la nostra cultura sarà consegnata alla memoria.

Esco dall'esposizione con un senso di vuoto profondo. Ma il museo, mi dicono, riserva altre sorprese. Basta salire le scale o prendere l'ascensore.

Infatti. Al terzo piano c'è la mummia di un certo Nen-oun-euf, comprata nel 1868 in Egitto da padre Louis-Nazaire in un negozio di antichità del Cairo. È la cosa più vecchia di una città vecchia, portata fin lì per un solo motivo: la vecchiezza, la decrepitezza.

Incontro pochi turisti al museo. Fanno male a non entrare: come tutte le istituzioni didattiche che ho visto finora, è organizzato in maniera perfetta, agibile, fruibile, comprensibile.

Esco all'aperto, torno verso la cappella. I ragazzi del seminario, in divisa, giocano a calcio.

Mi avvio verso il Vieux Port, dove è attraccata una enorme nave da crociera. Da qui, sembra alta come un grattacielo. Discendo, e mi fermo nel piccolo parco dove ho guardato per la prima volta il fiume, immenso, appena giunto in città. I cannoni, onnipresenti, guardano verso un'impossibile invasione. Un busker canta *Sweet Home Alabama* con accento francese.

15.
Plaines D'Abraham

La notte, l'amico francese si alza almeno dieci volte. La birra tracannata esige un pedaggio. Cammina a piccoli passi goffi, a piedi nudi. Sicuramente il pavimento del cesso sarà bagnato, e non solo d'acqua. La fragilità di certuni è apparente. La fragilità del gigante francese è evidente, ma forse, proprio per questo, è tutta in superficie.

Immagino un racconto che lo vede protagonista. Qualcosa che abbia a che fare con le pellicce, gli indiani, l'essere toccati dallo spirito, scacciati con disprezzo e accolti, forse, con qualcosa di simile al rispetto.

Mi levo dal letto che il francese ansima, russa, singhiozza come un mantice forato. È molto presto. Gli americani attempati dormono. Devono essere abituati a questo e altro.

Esco, spinto da una decisa claustrofobia. A quest'ora, niente turisti. Solo il vento che spira dal fiume, la gente che va a lavorare, perlopiù commercianti, ma anche operai. Passo di fronte all'ospedale. Passo di fianco alla sede dell'esercito della salvezza. Farò ancora un giro di mura, guarderò la città vecchia dentro e la città nuova fuori, mi fermerò a ogni porta, e il sole già tiepido aiuterà il risveglio. A Parc de L'Artillerie ci sono le stalle, i vetturini preparano le carrozze: il giro della Québec storica è richiestissimo, e costoso. I cavalli sbuffano, sentono odore di estraneo.

Cammino lungo le mura erbose. A Place d'Youville si apre porta St. Jean. La porta reca nella pietra la cifra dei vincitori, le lettere incise recitano: *St. John Gate*. Salendo ancora, infatti, c'è la fortezza. Sul punto più alto di Québec sventola la bandiera canadese con la foglia d'acero, non quella blu e bianca, gigliata, che ho visto pressoché ovunque, davanti a negozi e chioschi, sulle navi, all'entrata di musei e palazzi storici.

Mi avventuro fuori dalle mura, verso le Plaines D'Abraham, che ora sono un immenso parco.

Nel 1759 in questa spianata si combatté la battaglia che segnò le sorti di Québec e di tutta l'America francese. Fu l'ultimo atto della guerra tra Francia e Inghilterra per il controllo del Nord America. Un massacro insensato, come tutte le battaglie dell'epoca, come tutte le battaglie in ogni tempo. Montcalm, generale a capo dei francesi e degli alleati indiani, accettò lo scontro in campo aperto e fu sconfitto duramente. Morì per le ferite riportate, il giorno dopo. Anche il giovane comandante britannico, Wolfe, morì il giorno dopo. Il vinto e il vincitore condivisero lo stesso «eroico» destino.

Il luogo è percorso da spettri, in maniera avvertibile. Non si tratta delle storie folcloristiche riguardanti le case stregate e la prigione di Québec, poco distante, ma dello spettro di una possibilità storica che non si è prodotta, una forma di convivenza e assimilazione che sarebbe stata forse meno dura per gli aborigeni. I francesi erano più interessati al commercio che alla colonizzazione vera e propria.

Sono gli spettri di tutti coloro che morirono in quel giorno infausto di duecentocinquant'anni fa. Le loro ossa sono qui sotto. Fucilieri normanni e della Piccardia, guerrieri huron e montagnais, highlander e irochesi. Nessuno potrebbe distinguerli ora.

16.
Rue St. Jean Blues

In questa città una parte di me si è sentita davvero straniera. Una città con i tetti metallici. Qui lo spleen di Montreal, l'incessante interrogarsi sul chi siamo viene declinato in forme anguste, identitarie o circensi.

Il dubbio è assente e sembrano esistere solo certezze. Qui la nostalgia non è rivolta a una possibilità di futuro ormai alle nostre spalle, ma al passato. Nel frattempo il servizio al ristorante, implacabile e impeccabile, ti dice chi sei.

Solo un altro turista.

Ma non esiste solo la città vecchia. Se percorri Rue St. Jean fuori le mura, arrivi ai primi sobborghi (la città nuova, attorno, è molto estesa) attraversando locali, ristorantini, negozi di tendenza. C'è un'affascinante aria bohémienne che rende la via il corrispettivo locale del Quartiere Latino che ho lasciato a Montreal.

Case di legno, prefabbricati, staccionate, microscopici giardini, canestri sulle porte dei garage: ironico che nella capitale dell'America francese tutto si adegui ai miei ricordi culturali sull'America. Sembrano le case di Paperino. Il condizionamento è talmente pervasivo che la casa Disney, per quelli della mia generazione, è quella archetipica, benché assente dal paesaggio italiano. In un certo senso tutti, mentalmente, abitiamo in una casa di Paperino.

C'è poi l'architettura della città parlamentare, l'unica parte futuristica di Québec. Usciti dall'acquario della città vecchia, dà una sensazione di apertura, di possibilità, in ultima analisi di libertà. Questo è l'effetto che mi fa la buona architettura contemporanea. Forse provo avversione per la città vecchia perché vengo da un centro storico medioevale.

Il viaggio, lo sente il mio corpo, è impietoso. Mette chi lo intraprende di fronte ai propri limiti: non sono possibili la gran parte delle strategie di disimpegno che assicurano gli spazi di vivibilità, il territorio attorno a casa, semplicemente, non esiste, perché non c'è casa. A Québec, poi, la barriera linguistica è sensibile. Non so mai cominciare una conversazione. Il mio inglese è appena sufficiente e il francese è pessimo. Le frasi d'uso quotidiano però le pronuncio abbastanza bene e così, per ingraziarmi l'interlocutore, provo spesso a parlare la lingua di Molière.

Il risultato è divertente. Il barista, o il giornalaio, o il cameriere, o il passante, incomincia a parlare *joual*, che è la versione locale del francese. Io non capisco una parola e sono immediatamente tagliato fuori, oppure costretto a passare all'inglese. Le conversazioni divengono brevissime, stentate.

Dentro un bar in rue St. Jean incontro un tipo strabico simpatico, grassoccio. Dice di essere di origine italiana. Cipriani, mi dice. Il padre è di Torino. Si produce nell'imitazione di un padre italiano che rimprovera il figlio che torna a casa troppo tardi la sera. Allarga le braccia e con voce tenorile esclama: «Vergogna, vergogna!».

Poi mima una rincorsa attorno al tavolo. Deve essere una scena che ha vissuto molte volte.

Il bar è tutto tranne che affollato, i pochi presenti sorridono. Mi sento lontanissimo da casa.

Mentre scendo verso i sobborghi, i tetti di rue St. Jean riflettono il rosso del sole. Il tramonto è glorioso. È l'ultima notte a Québec.

Il giardino del Grande spirito

Kingston e le Mille Isole, 4-7 ottobre 2007

17.
Kingston

L'asfalto scorre sotto il sedile da una distanza rassicurante. La tangenziale taglia i sobborghi di Montreal. La prima fermata del bus arriva quasi subito, quando la città non è ancora alle spalle. Si tratta di una grande stazione di servizio-terminal-centro commerciale. Salgono alcuni passeggeri e mi fa ridere la grande insegna luminosa di un fast food italiano: Sgt. Pepperoni. Si riparte in fretta, il viaggio dovrebbe durare poco più di tre ore. Direzione Kingston, Ontario.

Andare lì per me significa muoversi sulle tracce di un fantasma. Lo spirito di una donna che vorrei fosse la mia guida in questo viaggio, dopo essere stata per più di tre anni materia di ricerche, fantasie e ispirazioni, nella veste di protagonista dell'ultima storia che ho narrato. Significa camminare dentro le scarpe e sul sentiero di Molly Brant, la donna che condusse lontano dalla terra degli avi ciò che restava di un popolo, per consentirgli di sopravvivere, di non essere spazzato via, e giungere così fino a noi.

Nel corso del 1779, il territorio delle Sei nazioni

irochesi venne messo a ferro e fuoco dall'esercito continentale di George Washington. La Lega delle Sei nazioni era un vicino scomodo, colluso con gli interessi del re d'Inghilterra e grande ostacolo all'espansione dei coloni verso ovest. I «selvaggi» dovevano essere scacciati. Molti profughi si spinsero fino alla sponda del lago Ontario, trovando rifugio a Fort Niagara. Da lì, Molly Brant riuscì a trarli in salvo, portandoli a Carleton Island, nell'arcipelago delle Mille Isole, che i nativi chiamavano Manituana. Solo dopo anni di rivendicazioni riuscì a farli approdare oltre lo stretto braccio d'acqua, a Kingston, sulla sponda settentrionale del lago.

Non immaginavano – o forse sì – che non avrebbero mai più fatto ritorno nella Mohawk Valley, che sarebbero rimasti lì per secoli, sparpagliandosi su un territorio vastissimo e diventando una parte, costitutiva e al contempo problematica, della nazione canadese. Uno strano tipo di Padri fondatori, costretti a una lotta perenne in difesa dei propri diritti.

I chilometri si dipanano tra visioni e pensieri: immagini corrono veloci dietro uno schermo mobile e si alternano a rapidi flash dei giorni appena trascorsi, facce, luoghi, terre, conversazioni. C'è ancora molto da elaborare, attraverso territori dai nomi indiani che danno via via più consistenza ai miei spettri mentre il confine virtuale tra Québec e Ontario si avvicina.

Quando il bus sta per entrare a Brockville capisco che quel confine è già passato. Manca un'ora all'arrivo.

L'Ontario ancora oggi è alberi e acqua: una terra bellissima. Non sorprende che i bianchi abbiano fatto di tutto per averla, che si siano macchiati di ogni crimine e nefandezza.

Puoi percorrerla come un nomade, cercando quello che l'orizzonte nasconde, oppure fare di tutto per piegarla.

Amo l'autunno e qui ne trovo una versione amplificata. Questa terra attende cinque mesi di gelo, ma ora i colori sono accesi.

Il bus Greyhound Canada è popolato da esseri umani di tutti i tipi. Vicino a me, una ragazza asiatica dorme, le gambe rannicchiate al petto. Sull'altro lato una ragazza rossa di capelli, sembra un'intellettuale, un'artista. Legge, piega il corpo sul sedile con pigra scioltezza. Entra in confidenza con la compagna di viaggio, una signora sui sessant'anni, dalla faccia buona. La donna prende a coccolarla, finché la rossa non si addormenta con la testa sulla sua spalla.

Davanti a me, c'è una famiglia. La madre, sui cinquanta, è anglosassone. La figlia è castana, con gli occhi azzurri. Il padre e il nonno sono orientali. È una famiglia canadese.

Passano i chilometri, anzi, le miglia. Mi rendo conto di muovermi verso un'esperienza profonda. L'incontro con la famiglia meticcia mi sembra un buon auspicio. L'autostrada scorre, attraversiamo un bosco, delle falesie. Il lago Ontario appare, sterminato.

Il mio secondo ingresso a Kingston.

Il primo fu vent'anni fa. Un'altra Kingston, un altro io. Un ragazzo che si affacciava al mondo con la speranza di cavalcarlo. Provenienza Messico, scalo a Nassau, Bahamas. Quando l'aereo ripartì alla volta della

Giamaica, io e l'amico con cui viaggiavo ci accorgemmo di essere rimasti gli unici bianchi a bordo. Passarono solo pochi minuti e due neri, corpulenti, seduti davanti a noi, si voltarono e chiesero: «Cosa ci andate a fare a Kingston?».

Sfoderai il mio migliore sorriso e risposi che, cazzo, Kingston, la Giamaica, la musica, stiamo viaggiando, ce ne andremo in giro. Rastafari. Irie.

Uno di loro mi guardò e rispose secco: «*Kingston is not a holiday place*».

Non poteva che avere ragione, non è un caso che tutti i turisti che vanno in Giamaica scendano a Montego Bay. Trascorsi quasi una settimana nella capitale dell'isola, che quell'anno festeggiava il venticinquennale dell'indipendenza. Fu bello, ma tosto, sempre a culo stretto. Andavamo in giro come straccioni, che era l'unico modo per non essere insidiati di continuo, oppure sfidati, o peggio ancora inseguiti. Non avevamo abbastanza soldi per permetterci alloggi di lusso e fummo testimoni di episodi incredibili, in una città dura, violenta, incazzata. Ricordo bene l'impressione che mi fecero le case di uno slum della prima periferia: abitazioni poverissime e disadorne ma con tanto di porte blindate e sbarre alle finestre. Ce la cavammo, comunque, e quando poi demmo inizio al nostro *jamaican tour* ci sembrò davvero tutto più facile. Il lungo giro terminò proprio a Montego Bay: ci tuffammo nella decima, storica, edizione del Sunsplash, il più grande raduno musicale del reggae e del dub. Quattro giorni di stravolgimento totale e musica dal vivo ventiquattr'ore su ventiquattro. Fu spettacolare, vidi suonare gruppi fantastici. Era il 1987.

Un secolo, un millennio fa.

Kingston, Ontario.

Sto in un motel che sembra preso da un b-movie americano: «Super 8 Motel». Si trova nella parte alta di Princess Street, lunga arteria che penetra da fuori città e fa da bisettrice fino a downtown e alla Marina. Distribuito su un piano unico, con le stanze che si snodano su lunghi corridoi labirintici. Tipico ampio parcheggio sul retro e reception con campanello sul banco. Stanza piccola, non sporca, prezzo dignitoso. Mi va di lusso, c'è il bagno, con la doccia e tutto quanto, incluso il phon.

Il tempo di fare due firme, lasciare la borsa e sciacquarsi, e sono già in strada. Il problema sono i piedi, rotti e doloranti come di rado mi era accaduto. Il cambio di scarpe è stato provvidenziale ma non risolutivo, penso che il dolore mi terrà sveglio, manterrà alta la sensibilità, aiuterà a non distrarmi.

Kingston sorge nel punto esatto in cui il lago Ontario incontra il fiume San Lorenzo. Qui siamo nel profondo dell'anima storica del Canada, dove si sono compiuti, a più riprese, gli eventi che hanno definito il Paese come è oggi, i destini di grandi potenze coloniali e nuove potenze emergenti. Dalle guerre tra francesi e inglesi, con i loro alleati nativi, fino agli eventi della Rivoluzione americana e poi ancora più avanti, ben oltre la metà del diciannovesimo secolo. Al fondo di questa strada che esito a percorrere, di fronte alla Marina, troverò, sparse come perle luccicanti sull'acqua, le Mille Isole.

Manituana, il Giardino del Grande spirito.

Molly, vengo a cercarti anche zoppo, senza nemmeno il bastone del dottor House.

18.
Wolfe Island

Il ferry mi scodella sulla banchina di Marysville. Raggi di sole caldo agguantano la nuca. Di fronte, separato solo da un braccio d'acqua che mi incute reverenza, c'è Fort Henry, sulla cima di Punta Henry, che presidia e troneggia quel lembo di terra. Poco sotto, Punta Frederick fa da barriera e incrocio naturale fra il fiume San Lorenzo, che qui inizia la sua cavalcata verso l'oceano, il lago Ontario, che lo alimenta, la terraferma e il Rideau Canal che da qui prende il suo corso verso Ottawa.

Marysville si trova su Wolfe Island, la maggiore e più nota delle Mille Isole, disseminate nel grande fiume per diciotto miglia.

I privilegi cui il viaggiare ha accesso talvolta sono di un'evidenza che lascia sgomenti, e che fornisce anche al ricordo un alone di stupore come fossero fotografie di un'altra epoca.

La lastra d'acqua del San Lorenzo riflette scaglie d'oro, argento e turchese. Carcasse di barche stanno adagiate languide sulla battigia delle marine, di fianco a imbarcazioni pronte a prendere il largo. L'eco di un trapano e di un martello.

Da qui, con il necessario cinismo che consiste nel rimuovere la loro indolente bellezza, l'importanza strategica di queste isole è evidente. Chi controlla questo punto, da secoli, controlla vie di comunicazione fondamentali per centinaia di chilometri intorno. Qui si è al confine di molte cose, lo si è sempre stati. Quello con gli Stati Uniti, per esempio, corre lungo una linea immaginaria che passa a poche miglia. Una parte delle Mille Isole, inclusa Carleton Island, è territorio statunitense, e sul versante opposto di Wolfe Island c'è l'imbarco per Cape Vincent, Stato di New York, con tanto di dogana e meticoloso controllo documenti. Questo luogo è il prodotto delle frizioni lungo una faglia, geografica, antropologica e culturale di importanza primaria.

Fin dai tempi dei primi esploratori – Jacques Cartier, Samuel de Champlain, Robert de La Salle – questi bastioni naturali furono l'estrema propaggine dell'Impero francese, destinata a diventare il punto di attrito con l'Impero britannico. L'attrito divenne guerra aperta per il controllo del Nord America. Tra il 1756 e il 1763 le due grandi potenze combatterono quella che sui nostri manuali di storia è nota come Guerra dei sette anni. Da queste parti è conosciuta come Guerra franco-indiana, perché sul suolo americano entrambe le potenze coloniali usarono i loro alleati nativi come manovalanza contro l'avversario. Questo consentì di colpire i rispettivi insediamenti. Il conflitto segnò il passaggio del Canada dal dominio francese a quello britannico.

Ma è possibile risalire molto più indietro nel tempo

per comprendere il valore inestimabile di queste lingue di terra emerse da un'impressionante massa d'acqua. C'erano villaggi già settemila anni fa.

Ganounkouesnot, Lunga Isola in Piedi, è il nome indiano dell'isola dove mi trovo, più semplicemente Long Island. Di fronte a me, sulla terraferma, e tutt'intorno in forma liquida, c'è Cataraqui, Fiume Fangoso, località di storie e leggende indiane secolari. Questa è la terra d'origine degli irochesi, che secoli addietro, a seguito di sconfitte in battaglia, migrarono a sud.

Il primo europeo a passare da qui fu Samuel de Champlain, nel 1615, durante una scorribanda contro gli irochesi, insieme ai suoi alleati Huron e Algonquini. Sessant'anni dopo, Robert de La Salle ne fece a tutti gli effetti una proprietà della Corona francese e la chiamò Frontenac, dal nome del governatore della Nuova Francia. Così, qui di fronte, sorse Fort Frontenac, avamposto per il controllo del commercio di pellicce, centro nevralgico di contese e conflitti per tutto il secolo successivo. Durante gli anni della Rivoluzione americana (1775-83), divenne testa di ponte per l'insediamento dei profughi delle Sei nazioni, in fuga dai territori di guerra, e dei coloni europei leali al re inglese. Furono in diversi a stabilirsi sull'isola, e nel 1792 il governatore Simcoe la ribattezzò Wolfe Island, in onore e ricordo del generale James Wolfe, eroe della Guerra dei sette anni. In seguito l'importanza strategica della zona crebbe fino al culmine della guerra angloamericana del 1812, quando sulle strutture obsolete e decadenti del vecchio Fort Frontenac sorse l'imponente Fort Henry. L'edificio era parte di un vasto sistema di bastioni e torri «Martello» per la sorveglianza e il controllo militare del fiume lungo molte miglia. Per buona parte dell'Ottocento questa fu la frontiera armata tra Impero britannico e Stati Uniti. L'ossessione dell'attacco a sorpresa, dell'invasione, albergò per decenni nelle menti di coloni e nativi canadesi.

Dal 1812 crebbero gli insediamenti lealisti e Kingston cominciò a prendere forma, insinuandosi dentro Cataraqui. Nel 1841 divenne capitale della Provincia. Il primo capo di governo del Canada, John MacDonald, padre della confederazione canadese, si insediò qui nel 1867. La sua residenza in stile «italian tuscan», la Bellevue House, è oggi parco storico e monumento nazionale. Pochi anni dopo, la sede venne spostata a Montreal, più lontana dalla frontiera. Questo finì per causare il ridimensionamento di Kingston.

Qui, sulla banchina di Marysville, l'allucinazione storica è solo all'inizio, riesce a offuscare una visione di lancinante bellezza, e prende il sopravvento.

19.
Molly Brant

Un tramonto crema si sdraia su acque basse e accende la macchina del tempo. Una panca di legno sotto un albero dalla chioma larga, posto a sigillo di una punta che sporge su una distesa limacciosa, dove gabbiani e anatre indugiano fino all'apatia. Se annusi bene l'aria, ogni effluvio trasuda di lei, ogni grumo di terra è impregnato del suo passaggio, su questa sponda dove il Rideau Canal comincia il suo viaggio.

Alla fine dell'inverno del 1779 Molly Brant, alla testa di poche centinaia di profughi sfollati da Fort Niagara, sbarcava a qualche miglio da qui, su Carleton Island. Si trattava per la maggior parte di donne e anziani mohawk, più altri nuclei appartenenti alle Sei nazioni. Fuggivano dalla carestia, dalla guerra e dall'estinzione.

In capo a pochi mesi, Carleton Island divenne avamposto fortificato lealista. Da qui l'instancabile condottiera del Popolo della selce pianificò viaggi utili a perorare le ragioni e i diritti della sua gente.

Molly Brant, matrona del Clan del Lupo, dai due

nomi indiani. Degonwadonti, Tanti Contro Uno. Gonwatsijayenni, Le Offrono un Fiore. Donna a cavallo di epoche, culture, guerre, scontri e fusioni di civiltà. La necessità e la durezza dell'esilio non ne offuscarono il carisma né la capacità di imprimere una direzione agli eventi, anche nelle circostanze più difficili e sfavorevoli. Nel 1783, al termine di ripetute peregrinazioni e contatti diplomatici, come riconoscimento alla lealtà del suo popolo, ottenne dal governatore del Canada la concessione di migliaia di acri intorno a Cataraqui, proprio all'imbocco del Rideau Canal.

Il punto esatto dove mi trovo è Punta Molly Brant sul Rideau. Siedo su una panca di legno sotto un albero, incredulo davanti a questo tramonto, alla fine di una giornata densa di ricerche, sorprese, informazioni, scoperte.

Di prima mattina, camminando su King Street, mi sono imbattuto nella cattedrale anglicana di St. George. All'ingresso un'iscrizione riporta la dedica al reverendo John Stuart, primo evangelizzatore anglicano a mettere piede da queste parti. Fondatore, nel 1792, della prima chiesa anglicana locale, più avanti divenuta cattedrale di St. George.

John Stuart, di Fort Hunter, precettore e maestro di Joseph Brant, l'uomo per il quale Thayendanega tradusse il vangelo di Marco in lingua mohawk. Amico personale e confidente di Molly, il suo arrivo in quell'anno non poteva che essere al seguito della migrazione nativa, di fatto l'avanguardia che anticipava l'ondata dei lealisti bianchi. Stuart giunse a Cataraqui la prima volta nel 1781, e vi si stabilì dal 1785. Molly era a due miglia da qui già da anni, e il Trattato del

1783 prevede in maniera chiara, oltre all'allocazione e alla definizione dei terreni, la costruzione di una dimora «come si conviene» per Molly, e di un'altra per suo fratello Joseph.

Alcuni isolati più avanti incrocio Johnson Street, dove ha sede la biblioteca pubblica, luogo che si rivela subito prezioso. Con facilità d'accesso puoi avere un'ora di rete gratis ogni giorno, una postazione per lavorare quanto ti pare, e piena libertà di ricerca e reperibilità dei documenti. Una mezza mattinata di testi, vecchi giornali locali e mappe, e ottengo un percorso dettagliato sulle tracce di uno spirito guida. Caffè lungo, personale gentile e fuori ancora il sole a invitarmi.

St. Paul's Churchyard, all'incrocio tra Queen Street e Montreal Street.

Vi è sepolta Molly, morta qui a Cataraqui, nel 1796.

La sua tomba non è visibile: ciò che resta è stato ricoperto dalla chiesa di St. Paul, cinquant'anni dopo. Ho vagato tra le lapidi e le iscrizioni nel piccolo cimitero, ho cercato la sua progenie, ho rintracciato vaghe genealogie. All'interno, nella navata singola, tutta legno e pietra, un'iscrizione ricorda il contributo di Molly alla fondazione della prima chiesa, e il suo ruolo imprescindibile di promozione e difesa dell'intera comunità, non solo nativa.

Molly Brant, lealista e cristiana. Negli oltre quindici anni di permanenza in questo esilio da leggenda, non interruppe mai le relazioni diplomatiche. Per due volte ricevette il governatore delle province canadesi John Simcoe e sua moglie. In entrambe le circostanze le cure, anche mediche, che fornì alla coppia altolocata rimasero impresse nelle loro memorie di viaggio. Dama impeccabile, indiana fino al midollo, Molly Brant. Era già malata al tempo del secondo viaggio del governatore, nel 1794, eppure lo guarì con le sue erbe. Prima di morire, nel 1796, aveva mandato cinque figlie in spose ad altrettanti giovani militari di belle speranze. Cataraqui cominciava a diventare Kingston.

Rideau Crest Home for the Aged, in Rideau Street.

È l'indirizzo di una casa di riposo. Dalla Chiesa di St. Paul si viene giù da Queen Street verso la Marina e si costeggia l'argine a sinistra, giusto prima di raggiungere il ponte mobile che collega a Fort Henry o la banchina del ferry che porta a Wolfe Island. È l'argine su cui appoggiano le acque stagnanti del Rideau Canal. La terra che il generale Haldimand destinò alla costruzione della dimora adeguata per Molly, e di un'altra per suo fratello. Joseph giunse qui alla fine del 1783, la casa della sorella non era ancora finita, ed egli se ne lamentò in diverse lettere. Molto presto Thayendanega puntò alla concessione di nuovi territori, e rivolse le sue attenzioni alle terre fertili lungo il Grand River, duecento miglia a sudovest di Cataraqui.

Molly svolse il ruolo di custode e guida della comunità appena insediata, e al tempo stesso ebbe un ruolo in eventi che più volte incrociarono la grande storia. Nel 1785, mentre Joseph per la seconda volta si trovava a Londra, fece l'ultimo ritorno nella Mohawk Valley. A Schenectady le offrirono una discreta somma a indennizzo delle terre confiscate e l'invito a ritornare. Molly oppose un netto rifiuto a quella che considerava un'elemosina da parte di coloro che avevano rubato le terre della sua gente.

La casa di riposo è dedicata a Molly, una targa di fianco all'ingresso ne riepiloga i meriti e la figura. Il testo è scritto in inglese, francese e mohawk. Nel giardino retrostante l'edificio una scultura ne ritrae il volto, austera madonna indiana, e vicino la bandiera del clan a sventolare ancora. Indugio sul prato per diversi minuti, mi aggiro, scatto foto con il telefono, rimango a scrutare quel volto. Poche decine di metri avanti a me, sotto la spinta quieta della brezza fresca, il Canale.

Dunque, questa è la tua casa, Molly.

Sono stati gli archeologi a recuperare le informazioni e quel poco che resta, perché da allora molto è cambiato. Negli anni Trenta dell'Ottocento fu scavato il Rideau Canal. Impresa ciclopica: bonificare e rendere navigabili miglia e miglia di territori acquitrinosi e paludi, per aprire una via d'acqua diretta fino a Ottawa. Un'epopea che ingoiò migliaia di vite. Il progetto era raggiungere Montreal aggirando il corso del San Lorenzo, reso troppo pericoloso dalle rapide e dai vicini «americani». Risalire il Rideau fino alla sua bocca e congiungerlo al fiume Ottawa, già navigabile fino a Montreal. Dal 1827 schiere di operai e militari lavorarono al progetto, sotto gli ordini del Colonnello By, e nel 1832 il Canale fu aperto in via ufficiale.

Calpesto terre di morti, di fantasmi, non mi sento a disagio, non profano luoghi sacri, non odo grida strazianti. L'aria, priva della dimensione del tempo, si fa lieve.

Punta Molly Brant sul Rideau, seduto sotto un albero, guardo le anatre indolenti, respiro con i polmoni del mondo, osservo quello che chiamiamo natura, e invece è tutt'altro.

È storia passata e presente.

Dove gli alberi crescono nell'acqua

Tra Toronto e Brantford, Ontario,
8-13 ottobre 2007

20.
Spadina Hotel

Cammino lungo Spadina Avenue, attraverso la chinatown di Toronto, chiedendomi se sia il caso di tagliare i capelli. Guardo la mia figura riflessa nelle vetrine. A quest'ora, metà mattinata, downtown Toronto vibra di attività. La sagoma nei vetri è estranea, lontana. Non so se sia un effetto collaterale del viaggio. È come se stessi perdendo la connessione, l'identificazione con il corpo. Mi ricordo di esserci come carne, ossa e sangue solo per espletare determinate funzioni.

Questi giorni sono stati un bombardamento di messaggi e l'impatto con Toronto li ha amplificato. Ho la sensazione di essere prossimo a un punto focale, a un evento.

Sono arrivato nella metropoli al tramonto. La giornata è stata calda, quasi estiva, molto umida. Mentre il bus penetrava la pancia della città mi sono sentito, ancora una volta, libero. La riluttanza che provavo all'inizio del viaggio è trascorsa. Sono nella fase in cui sembra di poter viaggiare per sempre, e che quella sia l'unica cosa giusta da fare. Toronto mi piace da subito.

Le strade di downtown sono piene di gente. È venerdì sera, cammino lungo Dundas, scendo verso Queen Street, locali uno dopo l'altro propongono ogni tipo di musica, negozi aperti, musicisti di strada, l'atmosfera appare caotica e, paradossalmente, tranquilla.

Arrivo all'incrocio con Spadina Avenue e scendo verso il Waterfront. L'albergo che ho scelto è un luogo storico. Nei *Sixties* si chiamava Spadina Hotel, ed era uno dei luoghi preferiti, in città, dagli Stones. Anche Jack Nicholson ha dormito qui, dicono le guide.

Ma la storia dell'albergo è più antica. Fu costruito alla fine dell'Ottocento, e quindi, per gli standard locali, si tratta di un edificio storico. Ora si chiama Global Village Backpackers, ed è un ostello per la gioventù. Sono curioso. La nostalgia dei *Sixties* è un motivo ricorrente nella mia vita, forse perché sono nato in quel decennio, e i miei primi ricordi hanno a che fare con minigonne e gruppi beat in tv.

Vedo l'edificio, all'angolo con King Street. È in stile vittoriano, dipinto in azzurro, un orologio sulla fiancata. Mi piace.

Il giorno dopo mi sento un adolescente mentre percorro Queen Street, entrando e uscendo da boutique di abbigliamento usato, i due Black Market su entrambi i lati della strada, un negozio che vende All Star di tutti i tipi, negozi di vinile che propongono solo jazz, soul e reggae. Passo ore dentro Steve's Music Store, ci sono chitarre di ogni genere. I prezzi sono convenienti. È che ho deciso di viaggiare con poco bagaglio. Guardo Gibson, Fender e Gretsch con rimpianto. Sono uno disposto a fare la fame per soddisfare poche, profonde ossessioni. La chitarra è tra queste.

Penso che sarebbe bello andarsene in giro per il continente con una chitarra. Poi, di colpo, vedo la mia figura riflessa in una vetrina. La figura di un estraneo. Il corpo e l'abbigliamento testimoniano non-appartenenza. Non è una connotazione etnica: Toronto è piena, letteralmente, di italiani. Ma la figura che vedo riflessa nel vetro sembra provenire da molto, molto lontano. Ho vissuto di altra aria e mangiato altro cibo, e non ho alcuna intenzione di fermarmi qui. Sono un'ombra, un riflesso.

Attorno, Toronto si sveglia, piuttosto tardi. Oggi è il giorno del Ringraziamento, quello canadese. Fuori, un buffo cane nero tira il guinzaglio, vuole inseguire uno scoiattolo di cui ha visto solo l'ombra. Il parcheggio, asfalto scrostato, ospita rade macchine. C'è un enorme cartellone pubblicitario. Per la prima volta mi sento in America.

Cammino verso nord, lungo Spadina, sospinto dall'effetto del caffè. Piego verso Dundas. Al semaforo dell'incrocio la folla è da città asiatica, in tutto e per tutto. L'odore di Chinatown penetra le narici. Accolgo con gratitudine questa sensazione. Mercati di alimentari, negozi di abbigliamento, banche, banchi dei pegni, bigiotterie e gioiellerie, negozi di artigianato, saloni di massaggio, una pletora di parrucchieri e barbieri con le insegne rutilanti di ideogrammi rossi e dorati. C'è l'imbarazzo della scelta. Decido per un barbiere all'incrocio con Huron Street. C'è una ragazza cinese, grassoccia, con i bigodini in testa, che sta guardando cartoni animati alla tv. Un ragazzo si fa sistemare i capelli per la serata. Probabile che le nuove generazioni festeggino il giorno del Ringraziamento. La parrucchiera mi fa cenno di mettermi a sedere e di attendere. Lavora sola.

Mi guardo attorno. Il salone ha qualcosa di non finito, o di arcaico, non riesco a capire bene. Sembra il salone dove mia madre si faceva acconciare i capelli, nel secolo scorso, e dove alle volte venivo costretto anch'io. La sensazione è familiare. La ragazza grassoccia sorride.

Arriva il mio turno, mi sistemo sulla sedia. Lo specchio rimanda l'immagine di un uomo dal volto appena provato. Noto una ruga che inizia a scendere sulla guancia sinistra. L'uomo appare stanco.

La ragazza mi chiede da dove vengo, in un inglese scarno quanto il mio. Poi mi chiede se da noi c'è l'euro o cosa. Sa che l'euro è più forte del dollaro. È arrivata da pochi mesi. Viene dal Guangdong. Si stupisce del fatto che un italiano possa essere così alto. La ragazza è loquace, e io le sono grato. Sento il bisogno di parlare. Giusto per rassicurarmi sul fatto di essere quell'io convenzionale che la memoria ha costruito in questi anni.

I barbieri cinesi prima tagliano i capelli, poi lavano la testa. I barbieri cinesi, come quelli indiani, in genere massaggiano senza sovrapprezzo. Continuando a chiacchierare, la ragazza mi mette le mani in testa. Sento la pressione delle dita, il contatto è deciso, sicuro. È come se una parte della mia forza vitale rientrasse nel corpo attraverso quelle dita. La ragazza, alla fine, vuole sapere come si dice *okay* in italiano. Non posso deluderla rispondendo che si dice *okay*.

«Molto bene.»

«Molto bene» risponde lei sorridendo.

Pago. Sto uscendo da un salone di barbiere cinese, in Canada. Sono a migliaia di chilometri da casa. Mentre scendo le scale, mi accorgo che la sensazione di evanescenza è svanita. Ho fame, accolgo con gioia il bisogno fisico ed entro nel primo ristorante cinese che incontro.

21.
CN Tower

Non so se come dice il dépliant la CN Tower, 553,33 metri (1815 piedi e 5 pollici), sia davvero l'edificio più alto del mondo. Di certo, a Singapore o negli Emirati Arabi stanno costruendo qualcosa di più arrogante, di più smisurato, di più coraggioso e fallico. Io ho sempre contrastato, per quanto mi è possibile, quella che chiamo la «messa in opera» del mondo, l'idea che costruire, edificare, lastricare sia un modo sensato di controllare l'ansia. Ritengo il concetto stesso di città, in un certo senso, antiumano. Con tutto il carico di contraddizioni che questo comporta, perché vivo in città, sono animale urbano, mi sento libero solo lì, oppure in mezzo al deserto, o dove la natura è percepibile come un assoluto, qualcosa di potente, di incontrollabile. Sono queste le situazioni che curano le mie nevrosi. Non credo che vivrei bene in cittadine «a misura d'uomo». Ci ho pure provato, per la verità. Resisto al massimo un mese.

Però so che la città è una forma di aggregazione parassitaria rispetto al territorio. In quest'epoca, credo che il concetto stesso di città andrebbe superato, per il bene di tutti, e intendo di tutti i viventi sul pianeta, presenti e futuri.

Ma l'esperienza percettiva che la CN Tower produce è forte.

Così come le torri gemelle definivano un tempo la skyline di New York, si può dire che la CN Tower svolga la medesima funzione riguardo a quella di Toronto, molto verticale e «americana», specie nella zona di York e in prossimità del Waterfront. Già ai piedi dell'edificio, che è molto vicino allo Spadina Hote si prova una sorta di timore reverenziale. Una freccia bianca svetta contro il cielo azzurro, solcato di nubi. Questo monumento alla modernità trascorsa è stato aperto al pubblico nel 1976, l'anno delle Olimpiadi di Montreal.

Il boom edilizio di Toronto, negli anni Sessanta, aveva trasformato il paesaggio urbano. L'altezza dei nuovi grattacieli disturbava le comunicazioni radio e televisive. Questo è uno dei motivi dell'erezione (mai termine fu più appropriato) dell'edificio. In realtà era un tentativo di dimostrare la forza, la solidità e le capacità di realizzazione dell'industria canadese, in un periodo politicamente travagliato. Di certo, comunque, le antenne poste a 338 metri devono avere risolto i problemi di ricezione.

La struttura è eminentemente turistica. Giunti in cima, la metropoli copre 200° d'orizzonte. Verso sud, il lago Ontario e le isole, verdissime. La sensazione di claustrofobia che provavo a Québec è scomparsa, anche se per salire ho affrontato ascensori incredibilmente affollati.

Sulla piattaforma discoidale che ci ospita, all'ultimo piano, ecco l'inevitabile ristorante girevole. Anche questa, come a Montreal, sembra una cosa dai *Quindici*, pura nostalgia del futuro. Sono stato preavvertito da una delle receptionist dello Spadina Hotel: la CN Tower vale la pena, *but please,* evita il ristorante.

Però il contesto attorno alla CN Tower è davvero futuribile, pura esperienza urbana come è difficile provare nel vecchio continente. Sono uscito indenne dal labirinto di negozietti di souvenir all'entrata, divisi per province: di tutto, da trichechi di peluche a totem, a giacche frangiate, che paiono inevitabili; un enorme orso bianco (non imbalsamato, non nel politicamente corretto Canada, bensì centinaia di chili di peluche), svariate qualità e tipologie di sciroppo d'acero e altre cianfrusaglie, fuori contesto in una costruzione ancora avveniristica, se questo termine mantiene un senso.

Comunque adesso sono fuori. Cammino per le architetture perfette di York. *Tutto* sembra perfetto, fontane, giardini, tutto è ordinato, ogni cosa a posto, qui sembra davvero, come mi aveva avvertito un conoscente, un incrocio tra New York e la Svizzera. La figura retorica delle *Reductio ad Helvetiam* non si era ancora adattata precisamente a nulla, nella piccola porzione di questo sterminato Paese che mi era stata data in sorte vedere. Mi scopro a cercare il cielo con gli occhi.

L'aria della metropoli, decido, rende liberi.

Intanto sono le quattro del pomeriggio e ci sono circa trenta gradi. È il 10 ottobre.

La metropoli scorre davanti ai miei occhi. Lo schermo è la vetrina di un sushi bar in Queen Street. C'è solo un altro avventore, una ragazza dalle guance paffute, con un corsetto nero. Chiedo il conto, il cameriere non capisce la mia pronuncia. Invece del conto (*bill*) mi porta una birra (*beer*).

C'è un istante di impasse: poi scoppiamo entrambi a ridere, sotto lo sguardo preoccupato di un orientale che deve essere il proprietario, o il gestore.

Toronto non è una megalopoli, dal punto di vista numerico. Ma le ambizioni, lo stile di vita, il ritmo delle strade è quello. La politica dietro l'amministrazione della cosa pubblica sembra essere quella di non ostacolare le dinamiche in corso, l'espressione della diversità, la creazione di cultura popolare. Mi riferisco in special modo alla musica, che è ovunque. Nel Paese in cui l'evento musicale dell'anno è Sanremo, è difficile cogliere l'importanza della musica nella vita quotidiana dei canadesi. La buona musica è letteralmente dappertutto, dalle librerie ai supermercati, dai bar alle sale d'aspetto.

Da noi, nel centro di Bologna, sono sparite le batterie e pare non si possa più attaccare una chitarra elettrica all'amplificatore o suonare due dischi senza rischiare denunce o pagare gabelle alla Siae, nuovo Sceriffo di Nottingham. A Toronto, se hai un bar è normale chiamare qualcuno a suonare. A che altro dovrebbe servire un bar?

La politica, da noi, si occupa di queste cose come fossero un problema. L'idea che la libera espressione artistica sia una risorsa, e che non riguardi solo i teatri comunali, sembra non sfiorare la mente del ceto politico nostrano. Da noi la musica, se la vuoi, la paghi. E cara. E cala sempre dall'alto. I nostri nuovi *gauleiter*, significativamente, parlano di «governo», non più di «amministrazione» delle città. Le parole sono importanti. L'istanza poliziesca del loro modo di intendere le cose, vista da qui, appare assurda quanto pensare di gestire il proprio immiserimento.

Ho passato interi giorni senza vedere un'auto della polizia.

Eppure in Canada si muore di *taser*.

22.
Greyhound

Sul bus Greyhound per Brantford siamo in sette.

Non molta gente va a Brantford da Toronto, non in un giorno come questo. Il vento che scende dall'Artico è arrivato, ha abbassato la temperatura di quindici gradi. È una grigia giornata autunnale.

Due ragazzi ispanici scendono a Hamilton, dove sale una donna. I miei compagni di viaggio sono persone comuni. Sento di trovarmi, finalmente, nell'esperienza che cercavo sin dall'inizio.

Toronto avrebbe avuto altri significati per un me stesso ventenne: sarebbe stato un luogo dove coltivare tutte le mie ossessioni.

Questa fase della vita, dove ti senti a metà di un percorso, è diversa. La superficie, il belletto, non ingannano più. Ogni città è un parassita, verme onnivoro mascherato da farfalla di metallo, cemento, insegne al neon.

In questa fase della vita, mi chiedo se la superficie esaurisca la profondità, se chi sa cogliere ciò che appare in maniera evidente sia anche colui che comprende il senso intimo delle cose.

Sapevo che il Canada avrebbe riservato quell'esperienza urbana, che sarebbe stato eccitante, veloce, progressivo. Più che nostalgia del futuro, a Toronto c'è l'eterno presente, si è nell'attimo, nell'assoluto. Ma non sono qui per questo.

Il luogo che mi chiama dall'inizio del viaggio è proprio quello che sto raggiungendo. Il cuore del viaggio, una città di provincia, la riserva Sei nazioni. Mi sento prossimo a un'essenza.

Sono all'interno di una navicella argentata che fluttua in un mare di ricordi culturali. Quello che vedo è inspiegabilmente familiare: i volti, i gesti, il modo di parlare e di muoversi delle persone. C'è una parte di noi che è americana, ma si è anche estranei, fuori contesto, irrimediabilmente stranieri.

La donna salita a Hamilton giocherella con dei ferri da calza. Non ha voglia di lavorare a maglia, in realtà. Dopo poco si addormenta. Fuori il paesaggio alterna aperture campestri, squarci su boschi profondi, alti, periferie urbane, rimesse, distributori di benzina, strade affollate d'auto, che qui sono più americane che a Montreal.

La donna prende a russare. Sale un uomo, che saluta il conducente. Inizia una conversazione. L'uomo, sui trentacinque, cappellino da baseball e occhiali, va a giocare alle slot machine al casinò di Brantford. Ha bisogno di soldi per ricomprare la macchina. La sua vita era migliore quando aveva un'auto, dice.

Mi sento molto lontano dalla Svizzera americana delle strade di York. Questi attorno a me sono i canadesi. Ascolto la conversazione con riverenza. È vita vera, il cuore delle cose: qui se non hai una macchina sei tagliato fuori, sei un disadattato.

Il conducente risponde che non ha mai giocato. Augura buona fortuna. Aggiunge che ci sono modi più divertenti di buttare denaro, se proprio uno ne ha. Non coglie il punto: il tipo che rimpiange la sua vecchia Ford non sembra certo avere denaro da buttare. Continuano a conversare con l'apertura tipica dell'uomo nordamericano. Parte la storia della vita del conducente, che è di Chicago e ha sposato una canadese. Anni e anni di lavoro per la Greyhound, prima negli Usa, poi in Canada. Vicende si susseguono a vicende, le parole coprono l'arco di decenni. Sarà l'influenza del cinema, della letteratura, ma le vite della gente semplice sembrano conoscere un respiro epico, come quando ascoltavamo le storie dei padri, dei nonni che avevano fatto la guerra. Provo un sentimento di comunione con la gente chiusa insieme a me dentro quest'attimo, nel bus Greyhound ora in vista di Brantford, nella contea di Brant, in Ontario, Canada.

23.
Il testamento di Joseph Brant

Il centro di Brantford ha un aspetto depresso e solenne. È una città operaia, un tempo molto più florida di oggi. Industria principale: elettrodomestici, le prime lavatrici prodotte in Canada, e macchine agricole.

Scherzi della globalizzazione: a buttare Brantford fuori dal mercato non sono stati i cinesi, ma gli svedesi.

Cammino un bel po' prima di trovare un bar, un diner, un ristorante aperto. Il centro di Brantford è il luogo con meno esercizi commerciali che abbia visto finora su questa sponda dell'Atlantico. Case annerite dallo smog, edilizia anni Quaranta e Cinquanta, travi di legno a chiudere finestre.

Il diner sembra uscito dagli anni Cinquanta. Il luogo ha un aspetto sobrio, spoglio, da sobborgo operaio, anche se siamo in centro. Le proprietarie – madre e figlia – sono polacche, immigrate da poco. Mi servono un piatto enorme di fish & chips, a un prezzo irrisorio. Il cibo è buono.

La vuota e grigia Brantford mi piace da subito. La

gente ti guarda dritta negli occhi, ha un modo di fare spiccio, eppure educato.

I passi mi spingono in modo automatico verso il Brant Museum, il museo della contea, che porta il nome dell'eroe del mio romanzo. Mi chiedo che cosa possa significare per gli abitanti di questo posto.

Dall'altra parte della strada, un uomo dalla chioma lunga, cappello da baseball con due penne in cima.

Cammino attraverso sobborghi di case basse circondate da prati, sobborghi dall'aria austera.

Ecco il museo. Di fianco all'ingresso, dietro una vetrata, un mezzo antincendio che deve risalire ai primi del secolo, dipinto a colori vivaci.

Entro, il museo è piccolo, diviso su tre piani. Mi accorgo subito che i nativi, nella storia del luogo, sono una presenza ineludibile. Una galleria di fotografie accompagna il visitatore che sale al primo piano: tra i personaggi eminenti, molti indiani.

Vengo accolto dalla responsabile che, molto gentilmente, mi fa posare lo zaino.

Tutto il primo piano riguarda il passato di piccola capitale industriale di Brantford. Lavatrici arcaiche, frigoriferi. Attrezzature incomprensibili. Oggetti d'uso quotidiano. Macchine fotografiche. Spostandosi in un'altra stanza, oggetti ancora più arcaici, di cui abbiamo perduto il senso. L'interno di una casa di coloni, a metà del secolo diciannovesimo. L'arcolaio, il mantice, il camino. Un fucile ad avancarica appeso alla parete.

Al secondo piano, la Brantford di inizio secolo. La Prima guerra mondiale cancellerà questo mondo. Repliche di botteghe e negozi dell'epoca. Una farmacia, un Candy Store. Un negozio di biciclette, uno di abbigliamento.

I nostri antenati avevano corporature minute. I vestiti da donna sarebbero adatti a un'adolescente, le scarpe appaiono minuscole.

Un negozio di strumenti musicali. Noto un autoharp e un ukulele Gibson.

L'autoharp mi attira, da sempre. È uno strumento quasi sconosciuto, da noi. Ha origini germaniche, e ha una sua importanza nella musica folk di matrice anglosassone, celtica, comunque europea. È uno strumento a corde, simile a una cetra, gli accordi vengono ottenuti premendo su tasti. Ebbe un momento di relativa popolarità negli anni Sessanta del secolo scorso. Lo usò in qualche registrazione Brian Jones, il compianto chitarrista degli Stones. Guardo a lungo lo strumento. Sono ipnotizzato.

La responsabile mi informa che posso consultare l'archivio storico della contea.

La libertà, la facilità d'accesso alla cultura e alla memoria storica che si incontra nei paesi anglosassoni è sempre una piacevole sorpresa per un italiano abituato a burocrazie, malleverie, baronati. Sono stanco, ma curioso. Sono stanco, ma chissà cosa potrei trovare nell'archivio.

Quindici minuti dopo ho tra le mani il testamento autografo di Joseph Brant. La data è il 18 ottobre 1805, due anni prima della morte.

In the name of God, amen. I, Joseph Brant, principal chief of the Five Nations of Indians on the Great River…

L'emozione è profonda.

È come se, entrando in un museo del Risorgimento, ti ritrovassi in mano il testamento di Garibaldi o di Mazzini.

Joseph Brant alla fine dei suoi giorni. L'uomo che attraverso l'apocalisse guidò la sua gente fin qui. Un eroe biblico. Un personaggio controverso, per gli storici nativi contemporanei. Profeta guerriero o «indiano domestico»? Eroe o servo dei bianchi?

Tra i documenti che ho in mano c'è anche il resoconto di un evento di importanza capitale. Alexander Graham Bell, sedicente inventore del telefono, fu uno degli emigranti che approdarono qui, nel 1870. Aveva ventitré anni. Brantford era una città importante, sulla soglia di una grande espansione industriale. Nel 1876 Bell dimostrò la «sua» invenzione proprio a Brantford. Tra i presenti c'era Capo Johnson, discendente di Molly Brant, allora guida delle Sei nazioni del Grand River. Il primo uomo a parlare dentro il nuovo apparecchio è lo stesso Bell. A rispondere, due miglia lontano, è Walter Griffin, un suo collaboratore. Bell decide di far provare qualcun altro. Tocca a Capo Johnson. La prima lingua non inglese parlata al telefono di Bell è il mohawk.

«*Sago gatchi, ska na ka?*» «Salve, cugino, come stai?»

Sono colpito dalla ricchezza di storia e memoria di un luogo come questo, sperduto in mezzo a un continente che la nostra arroganza colonialista definisce Nuovo.

Sono eccitato come un bambino. Scartabello tra i documenti, senza riuscire a fissare l'attenzione per più di pochi minuti.

Nel 1785 Joseph Brant compì il suo secondo viaggio a Londra, per rivendicare di fronte alla Corona il rispetto degli accordi, ovvero ottenere un risarcimento per le perdite subite durante la guerra. La sua gente aveva bisogno di terra da coltivare, di un luogo dove far nascere e crescere i figli. La missione politica comportava anche formalità di carattere mondano. A un ballo in maschera, Brant si presentò con i colori di guerra. Due diplomatici turchi credettero che il suo naso, di dimensioni notevoli, fosse finto, così provarono a staccarglielo. Brant estrasse il tomahawk e lanciò un terribile urlo di guerra. Stava scherzando, ovviamente. Gli irochesi hanno un senso dell'umorismo piuttosto duro, alle volte greve. Gli ignari turchi fuggirono, e anche le signore presenti, reggendosi l'orlo delle gonne.

Leggo anche un'altra cosa. Durante la Guerra d'indipendenza, i Mohawk nascosero sottoterra la Bibbia e il servizio da comunione donato dalla regina Anna a Capo Hendrick nel 1710. Quando eressero la cappella di St. Paul, alcuni guerrieri fecero ritorno di nascosto nella valle del Mohawk e riportarono a Brantford gli oggetti sacri.

Penso che sarebbe un buon racconto: chissà cosa devono aver provato quegli uomini nel calcare di nuovo la terra dei padri, furtivi come ombre, rischiando la vita, vicini a quelle che un tempo erano state le loro case.

L'anziano archivista, dietro un paio di occhiali alla Woody Allen, intercetta il mio sguardo. Approfitta di una pausa nella lettura per chiedermi da dove vengo.

Wayne Hunter, questo il suo nome, ha avuto per anni vicini di casa portoghesi. È la prima cosa che mi dice.

«Se faccio attenzione riesco a capire qualche parola di italiano.»

«Ci sono anche stato in Italia» aggiunge, «e mi è piaciuta.»

Wayne è una persona che sa comunicare. Pronuncia le parole con enfasi, le sottolinea con una gestualità diversa da quella latina; utilizza ad arte pause e inflessioni della voce. Il suo lavoro di archivista è volontario, è la passione per la storia a farlo lavorare lì tutti i pomeriggi. Nonostante l'età, gli occhi di Wayne brillano di curiosità. Sento un'affinità immediata, istintiva.

«Tutti i documenti si possono fotocopiare. Se vuoi lo faccio io» mi dice.

Ringrazio e gli do appuntamento per il giorno successivo. Devo ancora raggiungere la mia sistemazione sotto il cielo di Brantford.

Ancora non so come arrivare a Sei nazioni. La riserva, sulle mappe, appare molto vicina alla città, quasi una sua estensione. In realtà sono molti chilometri. Mentre esco dal museo decido che ci andrò, anche a piedi.

24.
Mimi Leskien

Fuori dal museo il vento è freddo.

L'indirizzo del Bed & Breakfast che ho prenotato è 103 William Street. Controllo la mappa: devo scendere lungo Wellington Street. Man mano che la percorro, la sensazione da Grande depressione di downtown sfuma leggermente. Questa è una zona residenziale, case basse, monofamiliari, di legno. Chissà perché mi aspetto che il B&B sia una struttura in qualche modo istituzionale, riconoscibile. Invece, al 103 di William Street c'è una casa privata, del tutto indistinguibile dalle altre. La cosa che mi colpisce, qui, è che i pochi metri quadrati di prato davanti e attorno alle case non sono protetti, non ci sono steccati, le porte di ingresso danno direttamente sulla strada. Questo tradisce in qualche modo i ricordi culturali sulle case-di-Paperino. Se non fosse per le cassette delle lettere, molto disneyane.

Suono il campanello. Una volta. Un'altra ancora.

Dopo lunghi secondi la porta si apre. La padrona è una signora anziana dall'aria aristocratica. Si presenta:

Mimi Leskien. Sembra molto vecchia, i passi sono incerti. Mimi sale le scale, mi mostra stanza e bagno.

La casa è tenuta alla perfezione, secondo un gusto molto lontano da quello di noi latini. Mi sento immediatamente protetto. Non mi dispiacerà, dopo tanti giorni di condivisioni forzate, dormire da solo.

Dopo pochi minuti, l'atteggiamento formale di Mimi prende a cambiare. Mi chiede da dove vengo. Io racconto la mia storia. Le dico del romanzo, e del perché sono qui.

Un romanzo con personaggi che appartengono al mito fondativo di Brantford e del Canada. Mimi sembra colpita. La vecchia signora chiede se il libro ha avuto qualche successo, in Italia. Deve sembrarle inverosimile che quella che considera storia locale abbia trovato una platea così lontano, oltreoceano, in un Paese «esotico».

Penso all'Italia, mentre cerco di indovinare quel che passa per la testa di Mimi. Certo, un paese esotico. Fa bene vedersi da lontano, con un minimo di prospettiva.

Sistemo le mie cose nella stanza e faccio un lungo bagno caldo. La vasca è stata una sorpresa. Esco di nuovo, nel tardo pomeriggio. Mi avvio verso downtown, sembra più viva che al mio arrivo. Mi fermo a prendere un caffè. Il locale è spoglio, in linea con l'atmosfera generalmente depressa della zona. Ho notato, fuori, che ogni minimo appezzamento non cementificato o asfaltato è coltivato ad aiuola. I fiori sono grandi, gli steli alti e grossi. Nonostante la cura, hanno qualcosa di selvaggio. Stoici giardini si aprono quasi a ogni incrocio. È come se ogni sforzo per la manutenzione fosse rivolto a questi spazi. Vita che sembra trarre linfa dal grigiore urbano.

I proprietari della caffetteria sono italiani. Una signora di origine abruzzese, che non ricorda più la nostra lingua ma ha una foto di Cannavaro appesa al muro. I camerieri sono cinesi, un ragazzo e una ragazza. Il locale offre una pizza il cui prezzo varia a seconda del diametro. Il diametro è espresso in pollici. Il caffè, diverse miscele a scelta, è buono, e a quest'ora entrano molti studenti, qualche operaio in pausa. Come a Montreal, ho la sensazione di far parte di un embrione di quotidiano: qui mi piacerebbe passare un po' di tempo, se vivessi a Brantford.

Se vivessi a Brantford, questa zona diverrebbe uno dei punti di riferimento.

A qualche isolato dalla stazione dei bus c'è un centro commerciale dall'aspetto dimesso. Ospita una sezione del museo della contea di Brant, che trovo chiuso. I negozi offrono merce economica, scarpe dozzinali, c'è una bottega di dolciumi, e una *Tutto a un dollaro*. Un *loonie*, anzi, come li chiamano qui. Compro una cartolina con due oranghi che giocano. C'è un'aria generale da provincia americana. Oltre i Grandi laghi, a sud, alla stessa longitudine, sarebbe pieno midwest.

Fuori dal centro commerciale, un percorso in una specie di parco urbano porta a un belvedere con una lunga scalinata metallica che scende verso una strada di grande percorrenza. Oltre, un ampio parcheggio affollato. È quello del casinò di Brantford. Vedo l'insegna dal lettering anni Cinquanta. Chissà se l'uomo del bus è riuscito a non perdere fino all'ultimo centesimo. Spero che abbia vinto. Spero che la vita gli conceda un'altra possibilità per comprarsi la macchina.

Tornando verso il Bed & Breakfast passo accanto al monumento ai caduti della Prima guerra mondiale. Il Canada pagò un tributo di sangue impressionante. Un'intera generazione falcidiata in una guerra lontana, che molti sentivano estranea. Sudditi di Sua maestà britannica, i canadesi furono schierati sul campo fin dall'inizio delle ostilità. Alla fine della guerra ci si cominciò a chiedere se fosse giusto che la Corona potesse disporre dei canadesi senza che questi potessero esprimere un'opinione, se l'esercito si potesse mobilitare senza che il Paese fosse d'accordo.

La Prima guerra mondiale lasciò il segno. Sembra un ricordo molto vivo, qui.

Mimi Leskien è una donna intelligente, curiosa, piena di interessi. Ci troviamo a parlare delle elezioni imminenti, dell'idealismo dei verdi ecologisti, che considera sano, doveroso, della giustizia dell'avere una quota proporzionale nell'Assemblea nazionale. Fermiamo il discorso sui New Democrat, un partito ex comunista abbastanza forte nelle aree di tradizione operaia. Il discorso scivola lentamente sul personale. Il fatto che non sente bene da un orecchio, spiega, deriva dalla sua passione per il nuoto, che è di lunga data.

«Ho sempre avuto la pessima abitudine di non mettere i tappi, di non proteggere le orecchie. E poi ho avuto un ictus, un paio di anni fa. Ma sono tornata a nuotare.»

Provo una grande tenerezza.

«Comunque rinuncerei volentieri alla mia nuotata, se davvero hai bisogno di andare a Sei nazioni. Non puoi farti un'idea della riserva senza percorrerla in auto. E il taxi costerebbe una fortuna.»

Accetto e ringrazio.

Il letto è ampio, comodo. L'Auberge de la Paix e lo Spadina Hotel sembrano lontanissimi. Questa è una casa che ha attraversato le vicende di una famiglia, nascite di figli, persone che invecchiano, il tessuto ordito delle vite quotidiane, in ogni latitudine, in ogni Paese.

Il viaggio, lo sento, sta mutando segno. Se nelle tappe precedenti l'attitudine era quella dell'osservatore, e le interazioni rade e formali, ora questo si sta trasformando in quello che chiamo un viaggio di uomini (e di donne). Un'esperienza dove i luoghi che attraversi assumono prospettiva e significato grazie alle persone che incontri. Wayne, giù al museo, e Mimi. Sento che grazie a loro comprenderò qualcosa di più, e non per i discorsi, gli embrioni d'analisi, il confronto. È come se l'esistenza di altre persone che senti vicine, accomunate dal fatto di avere incrociato le proprie strade, fungesse da prisma in grado di scomporre la luce degli eventi e delle cose, in grado di illuminare, di rendere più chiari passaggi della propria vicenda e di quelle collettive.

25.
San Paolo dei Mohawk

Mia madre e mia nonna, madre di mio padre. Sedute di fronte a me, una di fianco all'altra. Mangiano. È la cucina della nostra casa, un tempo assoluto, fuori dal tempo. Io le interrogo sulla loro condizione. Le parole sono rade. Lunghi silenzi.

Un parco. È Villa Gregorini, alla periferia di Bologna, dove giocavo da bambino. Meglio, una sua trasfigurazione. Dialogo telepatico con un personaggio femminile. Tipologia «vecchia amica». Vecchia quanto? Da dove viene?

Questa si trasforma in una leonessa dai tratti umanoidi. Avverto che occorre allontanarsi, ma non è lei il pericolo. Un orso, gigantesco, sbarra la strada. La donnaleone scivola felinamente sotto una rete di recinzione. Il mio corpo sa come fare e la segue.

Comincia una fuga, che diviene una sorta di liberazione. Sono in grado di correre e saltare con la massima agilità, di percorrere con perfetto equilibrio architetture vertiginose, cornicioni, cenge rocciose, finché giungo all'imbocco di un tunnel. Lo percorro correndo, sembro sparato da un cannone, oltrepasso uno sbarramento, come lavori in corso. In fondo al tunnel, luci. È la polizia, un posto di blocco. Mi chiedono perché io stia facendo una cosa simile.

Rispondo che sono un grande sportivo.

Ascesa in gruppo verso un paese di montagna. Ci sono portici. La casa di mio fratello è ampia, sembra una chiesa sconsacrata. Ora ci si muove in bicicletta, una specie di tandem multiplo, io sono lievemente imbarazzato. Al ritorno, dico al resto del gruppo che potremmo scendere lungo il fianco del Nanga Parbat. Vengo preso in giro.

Al risveglio c'è qualcosa che riesco a sentire nel petto. Un luogo spazioso, libero come un cielo senza nuvole. Vedo il gatto di Mimi, un persiano. Sono allergico ai gatti, ma non ho provato il minimo disturbo, qui. Forse è un persiano mutante, che non perde pelo.

Nessuno può obbligare un altro a vedere. Chissà perché, mentre mi lavo i denti questa frase continua a risuonare nella testa. Tutte le volte che mi sveglio dopo un'esperienza onirica forte e prolungata vivo un lungo interludio, come se fossi indeciso su quale sia il mondo reale.

Scendo le scale, il profumo del caffè è intenso, familiare. La tavola di Mimi è imbandita perfettamente. La colazione è abbondante. La conversazione è stimolante nonostante i limiti del mio inglese. Mimi mi chiede spesso di ripetere quel che dico. Nel giro di poche ore si abituerà al mio modo di pronunciare la sua lingua. In modo molto britannico, ascrive le sue difficoltà di comprensione all'orecchio quasi sordo. No, deve essere la mia pronuncia, le faccio notare. I suoi occhi ridono: la mia pronuncia non è certo d'aiuto, ma se ci sentisse bene non avrebbe problemi a comprendermi. Parla della figlia, vive nella casa a fianco, alleva cani. È un genio della nutrizione canina. Finisco di mangiare. Mimi chiede quali siano i miei programmi. Ho un appuntamento con Wayne Hunter, l'archivista, ma è nel pomeriggio. Abbiamo il tempo per una prima puntata verso la riserva.

Fa un cenno con il capo. Si parte.

Non può essere un caso che la mia guida, in questi territori, sia una donna anziana. È chiara la simmetria con il mondo matriarcale (il mio computer segna matriarcale come errore, corregge automaticamente la «m» con la «p») dei Mohawk, degli Irochesi, degli indiani coltivatori di mais attorno ai Grandi laghi. Mi sento bene a fianco di questa vecchia signora anglo-prussiana, che si muove perfettamente a proprio agio in questo mondo di alberi e acqua, e cemento e decadenza operaia. Si volge verso di me e sorride. Davvero non mi sono preoccupato di come raggiungere Sei nazioni, prima di partire dall'Italia?

È vero, mi aspettavo un contesto urbano o quasi. Chissà perché, una specie di ghetto. Ora invece la periferia di Brantford diviene campagna, il Grand River scorre snodando anse serpentine sotto il cielo aperto, vertiginoso. Tutto quello che vedo mi sorprende.

Abbiamo deciso per una tappa di avvicinamento: la cappella di San Paolo sorge tra Brantford e la riserva, ma è uno dei cuori spirituali del popolo mohawk, almeno della fazione che vive al di qua dei Grandi laghi.

Nel 1788 Joseph Brant fondò un villaggio di circa quattrocento abitanti. La comunità occupava un importante punto di passaggio sul fiume e prosperò divenendo luogo di transito e riposo per i cacciatori e i commercianti sulla «pista di Detroit», un sistema di sentieri che collegava i fiumi Niagara e Detroit. Poi arrivarono i coloni bianchi, all'inizio bene accetti. In fondo avevano combattuto dalla stessa parte, e Brant era un reduce e un gentiluomo.

Ma i bianchi furono meno gentiluomini. Miravano alle terre. Truffa, inganno, alcol: nel 1841 gli indiani erano già una minoranza. Il governo li trasferì in un settore del territorio concesso dal trattato, a sud del fiume. Dell'antico villaggio mohawk rimane solo la cappella.

Mimi è come una madre che guarda un figlio scoprire la vastità e l'insondabilità delle cose. Mi dice di non aspettarla. Cammina lenta, mi giro verso di lei e sorride. Una volta scesi dalla macchina deve avere percepito l'ansia, la fretta, la voglia di vedere questo luogo con i miei occhi.

Ecco quel che rimane dell'insediamento originario sul Grand River. Erba, poche tombe, una chiesa di legno bianco.

Qui Joseph Brant trascorse gli ultimi anni di vita. La fine della sua vicenda umana è forse ancora più letteraria di quel che ho narrato in *Manituana*. Qui le cose non hanno più un respiro epico. Qui c'è il quotidiano, la tragedia personale e il luogo in cui quotidiano e tragedia personale sono indistinguibili. Negli ultimi anni di vita, durante un alterco, Joseph uccise il figlio Isaac, che lo aveva aggredito in preda ai fumi dell'alcol.

Immagino quegli ultimi anni. Un uomo che tira le somme, che è vissuto a cavallo tra due culture, che ha visto un nuovo secolo. Quando era sceso per la prima volta sul sentiero di guerra, infuriava la Guerra franco-indiana. Cinquant'anni dopo, in Europa la Rivoluzione francese si è già consumata, splende l'astro di Napoleone, mentre in America si è ormai consolidata una nuova nazione: gli Stati Uniti.

Mimi capisce la mia emozione. Mi ha raggiunto, sto leggendo la targa, nel prato, che in tre lingue racconta le vicende legate a St. Paul e alla sua consacrazione. Scatto fotografie. Mi sposto verso un'inferriata.

È la tomba di Joseph Brant.

Sembra antichissima.

Il campo attorno alla cappella è verde vivido. In alcune tradizioni asiatiche il verde serve a scacciare i demoni.

Quando entro nella chiesa, le immagini oniriche della notte trascorsa mandano un'eco.

26.
Wayne Hunter

La giornata non è finita. Ho un appuntamento con Wayne, che si è offerto di fotocopiare tutto il materiale che ho trovato in archivio.

Mimi mi accompagna in città. Anche lei ha un appuntamento, con la sua piscina. Con l'immersione in se stessa. Penso al suo corpo provato, che cerca di ripristinare un equilibrio dopo l'ictus. Penso alla mente che annega nelle cellule, mentre il corpo galleggia nell'acqua clorata. Fuori dal finestrino, il paesaggio dell'Ontario: alberi crescono dall'acqua. Mimi Leskien conversa, voce tranquilla, sicura. Si volta spesso verso di me, per udire meglio ciò che dico, e leva lo sguardo dalla strada. Ma non ho alcun timore. Credo che anche lei percepisca una sensazione di comunione, di vicinanza. Senza questo spirito guida sarei perduto.

Mangio nel caffè vicino al centro commerciale, la mente ancora oltre il Grand River, nel prato di St. Paul, davanti alla tomba di Brant.

Submarine. Questo il nome che danno qui a un lungo sandwich farcito. Dal rotolo di cibo spuntano cose simili a crauti. La metafora navale-guerresca si adatta. Il sottomarino è in missione per silurare il mio fegato. Guardo il panino in volto. Ha un che di minaccioso. La Coca-Cola no, quella è familiare. Buon vecchio zucchero, caramello e caffeina. Veleno consolidato, antico.

Wayne arriva all'archivio qualche istante dopo il mio ingresso. Va a prendere il faldone di documenti, me lo consegna. Alza per un attimo lo sguardo dai fogli, oltre gli occhiali.

«A proposito, perché ti interessa Joseph Brant?»

«Ho scritto un romanzo su di lui.»

«Veramente? Ed è stato pubblicato?»

«Sì. E ha pure venduto bene.»

«Vuoi dire che in Italia Joseph Brant è famoso?»

«Non direi.»

«E allora perché hai scritto un romanzo su di lui?»

Non è facile spiegarlo. Parlo di apocalissi aborigene, di un mondo dove il meticciato era possibile, un luogo dove convivevano indiani ed europei. Parlo dell'armata ribelle che distrusse quel mondo al grido di *Civiltà o Morte*.

Wayne annuisce. Nella Grande guerra il primo caduto della contea di Brantford fu un discendente di Joseph Brant. Mi mostra un vecchio manifesto, si descrive l'Italia come un glorioso alleato che fronteggia gli imperi centrali. Nella guerra che scoppierà vent'anni dopo, l'Italia sarà un nemico.

Wayne ha lavorato in Florida molti anni, come rappresentante di prodotti farmaceutici. Là aveva una vita, una casa, amici. Però... però l'americano medio non sa nulla del resto del mondo. Quando Wayne disse ai suoi vicini di Tampa che la sua famiglia era di tradizioni, be', *socialiste*, nell'accezione britannica del termine, quelli inorridirono. Poi Wayne si ammalò. Diabete. La sua assicurazione non copriva le spese per la cura. Rimanere negli Stati Uniti avrebbe significato morire di fame, dovendo spendere tutti i risparmi, anni di lavoro, per curarsi. Decise di tornare in Canada.

La violenza diffusa e l'ignoranza. Questo non gli piace degli Stati Uniti.

Gli parlo delle mie difficoltà attuali, della sensazione claustrofobica che provo in Italia. Crede di capire, dice. Anche se l'Italia per lui è un paese esotico, e lo stile di vita italiano, meglio, la sua idea di quello che è lo stile di vita italiano, gli piace *moltissimo*.

Vista da qui, l'Italia è un luogo esotico, etnico. Io sono un esotico intellettuale che ha scritto un romanzo che parla di indiani.

Wayne parla del monumento a Joseph Brant, che sorge lì vicino e che certamente avrò visto...

«Quale monumento, Wayne?»

«È qui vicino, se vieni dalla stazione dei bus ci passi di fianco.»

Non ricordo di aver visto nulla di simile a un monumento, nemmeno una piazza, per la verità.

«Vieni, ti ci porto.»

27.
Il bronzo di Waterloo

Victoria Park. Un nome pomposo, come tutta la toponomastica locale, ricalcata su quella della città di Londra & Westminster. È in realtà un piccolo parco urbano, sembra impossibile non averlo notato, perché devo esserci passato di fianco almeno un paio di volte.

Il monumento mi colpisce. È solido, stabile. La statua di Joseph Brant svetta sul basamento, contornato di figure d'indiani in abiti tradizionali. Sul basamento, bassorilievi. Mi avvicino. Una figura che deve essere Brant parla al centro di un concilio.

Wayne mi dice che lo scultore, Percy Wood, fece due visite in Canada per prendere schizzi della gente della riserva. Le figure, che rappresentano i Mohawk, i Seneca, gli Oneida, gli Onondaga, i Cayuga e i Tuscarora, sono modellate in bronzo. Il bronzo, continua Wayne, fu donato dalla Corona britannica, e proviene dai cannoni sottratti ai francesi a Waterloo.

Il volto di Brant e quello dei compagni sono fatti di materia guerresca, vinta dalla potenza tecnica della specie, che in certi casi ama ricordare qualcuno dei suoi membri. Chissà quale tra questi uomini può essere Philip Lacroix, il compagno di Brant, il Grande diavolo, il guerriero segnato dalla sorte.

Poi mi viene in mente che Lacroix non è mai esistito. È quel che si suole definire *un personaggio di fantasia*. Un personaggio all'incrocio delle fantasie di chi ha scritto il romanzo.

Il monumento è pregno di innegabile potenza. È parte del paesaggio urbano, vi si posano piccioni, perdigiorno stazionano sulle panchine bevendo qualcosa da dentro un sacchetto.

La voce di Wayne mi scuote da un treno di considerazioni che si preannunciava lungo e contorto.

«Se vuoi che il tuo impero duri almeno un paio di secoli, devi avere un certo stile.»

Sorrido e annuisco. Wayne è una persona attenta e critica, dotata di senso dell'umorismo. Certo, risarcimenti simbolici agli alleati indigeni vanno concessi, ogni tanto. Specie quando stai cercando, in realtà, di estirpare, annullare, obliterare una cultura nativa.

«Pauline Johnson, la poetessa, compose un'ode a Brant e la recitò il giorno dell'inaugurazione, credo nel 1885. Poi diventò famosa, e andò a vivere a Vancouver.»

Pauline Johnson.

La poetessa mohawk. È considerata una delle personalità più importanti nella storia letteraria canadese, ma non so molto di lei. Ho visto foto che ritraggono una donna abbigliata ora all'europea ora all'indiana, spesso in pose enfatiche, declamatorie.

Domani cade l'anniversario della scoperta dell'America. Sono sul continente da quindici giorni. Ho visto una maglietta, la portava un ragazzo. C'erano quattro indiani delle pianure, una foto di metà Ottocento. Imbracciavano le armi, lo sguardo fiero. La maglietta diceva: FIGHTING TERRORISM SINCE 1492.

Chissà se è in vendita.

28.
Sei nazioni

Il Canada e i suoi paesaggi scivolano lentamente sotto la pelle. Percorro in auto, con Mimi, la distanza tra la città e la riserva di Sei nazioni.

Wayne mi ha detto che la riserva non è propriamente indicativa delle condizioni dei nativi in Canada: Sei nazioni è una «rez» modello. Anche qui la figura retorica della *Reductio ad Helvetiam*: secondo Wayne, Sei nazioni è come la Svizzera, se rapportata alle altre riserve.

Le strade si incrociano ad angolo retto e portano il nome delle varie nazioni che vivono nel territorio. L'insediamento più simile a un villaggio è Oshweken.

Qui ci fermiamo. La casa della poetessa è un modesto cottage di fattura europea. Il mio ingresso nel territorio attuale degli irochesi è sotto il segno del femminile. Vicino a me c'è il mio spirito guida, Mimi. Di fronte a me, il luogo che ha visto nascere uno dei più importanti poeti canadesi, una donna, di origini native. Certo, sto proiettando tutte le mie aspettative, tutti i risultati delle letture preparatorie per il romanzo, quello che vedo, in maniera non obiettiva. Del resto, un uomo non è una macchina fotografica. Neanche una macchina fotografica, una volta puntata, è obiettiva. L'angolo di visuale, la prospettiva, non sono mai neutre.

La cosa che mi colpisce, qui, tra gli alberi che circondano la casa di Pauline Johnson, è il verde dell'erba. Sembra avere una qualità cristallina, minerale, eppure è intrisa d'acqua e linfa, brilla alla luce del sole che si fa strada attraverso cumuli che segnalano pioggia.

Qualcosa saetta nell'erba, si nasconde all'interno di un tronco abbattuto. L'istinto di sopravvivenza invia un brivido lungo la schiena, ma la razionalità mi dice di non temere. Quasi certamente è uno *snake grass*, del tutto innocuo.

Anche questo è un segno femminile. Il serpente può evocare inganno, per noi europei il serpente è Satana, schiacciato sotto il tallone dalla donna sottomessa al principio ordinatore del cosmo. Ma per gli irochesi i serpenti hanno un significato ben diverso. In tutto il Nordest, i serpenti dell'erba (*Opheodris Invernalis*) erano onorati e rispettati per l'aiuto che davano alle donne nel contenere la popolazione di roditori nocivi al raccolto. Le donne li prendevano in mano, li carezzavano, rivolgevano loro versi ed elogi, imitandone il saettare della lingua a mo' di risposta. Si trattava di una relazione legata al genere, perché i serpenti, come le donne, «lavoravano» i campi, l'occupazione femminile per eccellenza. Era un grande complimento per una donna dire che «i serpenti arrivavano quando lei chiama».

Il giorno è ancora lungo. Il museo del centro culturale è una tappa obbligata, ma sono abbastanza irrequieto e distratto. Non mi interessa il passato, ora, mi interessa ciò che sta accadendo, la vita quotidiana sotto questo cielo. Ai tempi del mio romanzo, i Mohawk erano non più di ottocento anime, e la stima è probabilmente ottimistica. Oggi, la riserva di Sei nazioni ospita più di ventimila persone.

Noi europei siamo abituati a pensare agli indiani d'America come a un popolo scomparso di cui sopravvivono scampoli dal destino segnato. È una visione falsa. Gli indiani sono qui ora. La loro lotta per la sopravvivenza è adesso.

Il museo sorge di fianco a una ex Residential School.

Per quanto possibile, il Canada ha sempre evitato il conflitto aperto con i nativi. Le uniche guerre indiane combattute sul territorio del dominion britannico furono quelle contro i Métis, una popolazione mista franco-ojibwa che produsse una propria cultura distinta e un leader politico importante, Louis Riel (1844-1885). Il metodo perseguito dal governo britannico fu una sorta di assimilazione forzata. Un «farsi carico» delle culture più arretrate. Certo negli Usa i metodi erano più sbrigativi, si mandava la cavalleria, ma in definitiva si è trattato solo di variazioni sullo stesso tema: la cancellazione dell'altro.

Lo scopo delle Residential School era quello di «educare» e «occidentalizzare» (cioè europeizzare) i popoli delle First Nations, imponendo l'adozione di uno stile di vita più consono alle aspettative dei bianchi. I bambini venivano separati a forza dalle famiglie, facendo in modo che dimenticassero lingua, usanze, religioni. Il motto di queste istituzioni totali era «uccidere l'indiano per salvare l'uomo».

Le prime Residential Schools apparvero attorno al 1840 nell'Upper Canada (l'attuale Ontario, dove mi trovo ora) ed erano dirette dalla chiesa anglicana. Il governo federale venne coinvolto in questo genocidio culturale a bassa intensità dopo il 1842. Nel 1857 venne approvata una legge, il Gradual Civilization Act, che stabiliva modi e tempi per l'estirpazione delle culture native.

Le prime scuole per nativi apparvero nel Canada occidentale nel 1883. Nel 1920 esistevano settantaquattro strutture educative di questo tipo. Il picco si raggiunse negli anni Cinquanta, con settantasei scuole, ma quello fu anche l'inizio del declino. Le voci sul trattamento inumano riservato ai bambini filtrarono, e divennero un argomento sull'agenda politica e culturale dell'intera nazione. Le scuole residenziali vennero chiuse, con scuse diverse, dopo aver prodotto generazioni di uomini in conflitto con le proprie radici, ricostruiti a tavolino, destinati all'emarginazione e all'infelicità.

Mimi è abbastanza anziana per ricordare questi passaggi epocali. Il volto sereno si rabbuia mentre racconta «quello che hanno fatto agli indiani».

Oggi il Canada è una nazione civilissima, che nella propria costituzione riconosce tra le fonti del diritto anche i sistemi giuridici dei nativi, eppure l'opinione pubblica inorridisce se un gruppo di huron-wendat costruisce capanni da caccia in un parco nazionale nei loro antichi territori.

L'automobile scorre attraverso Sei nazioni. Vediamo alcune Lunghe case, in lontananza. Sono edifici cerimoniali, ora, e sono cottage di legno, simili a tutti gli altri che incontriamo. Le case sono rade, immerse nei campi e nei filari d'alberi, il territorio è appena ondulato, il paese è vasto e bellissimo. Alcune fattorie sono ben tenute, altre fatiscenti. Tutto è costruito senza orientazione apparente, né piano regolatore. Sembra essere una cosa sconcertante, per Mimi.

C'è una fila di macchine nei pressi di un bugigattolo di latta colorata. Lì si comprano sigarette. I nativi non pagano tasse, e i fumatori incalliti vengono volentieri nella riserva dove un pacchetto di sigarette costa circa la metà rispetto a fuori.

Tra poco arriverà l'inverno, e questa campagna selvaggia sarà sepolta sotto la neve. Provo a immaginare come possa essere un inverno, qui. Mi chiedo se sarei in grado di reggerlo.

29.
Stop & go

Eccomi di nuovo nello specchio delle vetrine, nei cristalli delle auto. Ci siamo. Manca poco alla fine di questo viaggio. Fa freddo, a Toronto. Cammino in fretta attraversando Chinatown, verso Spadina Crescent e oltre. La zona che mi aspetta è una specie di replica, meno trendy e glamorous, dell'area in cui ho eletto domicilio provvisorio, il glorioso Spadina Hotel, tra studenti americani che approdano per il weekend nella libertaria & libertina Toronto, così da sbronzarsi e fumare canne senza rischiare l'arresto. Ieri sera l'hotel era invaso da questa specie umana. Uno sciame di adolescenti. A Toronto è la settimana dell'indie rock, si suona ovunque, anche nel salone al pianterreno.

Se questa civiltà scomparisse, le prossime generazioni sarebbero private di una delle esperienze estetiche più complesse e appaganti che noi uomini nati nel ventesimo secolo abbiamo potuto godere.

Un mondo senza flussi energetici intensi non può permettersi chitarre elettriche. Niente petrolio, niente carbone, niente nucleare, significa niente rock, niente blues elettrificato. Se questa civilizzazione, questo modo di risolvere i problemi connessi alla sopravvivenza terminasse, finisse, si estinguesse, luoghi come *Steve's Music Center*, in Queen Street, non sarebbero immaginabili. La chitarra elettrica è figlia degli anni Trenta, appartiene alla Grande depressione e agli sforzi fatti per alzare il culo da terra. Osservo i modelli allineati sulle rastrelliere. Sono macchine superbe.

Ma sono macchine.

Un mondo in cui non è possibile ascoltare i *licks* di B.B. King o di T-Bone Walker. Mentre imbraccio e provo una Gibson ES 175, penso a un mondo in cui non è più possibile produrla, una chitarra elettrica. E nemmeno una chitarra acustica con le corde di metallo, se è per questo.

Imito un fraseggio di Otis Rush, in maniera piuttosto pedestre. Devo scaldare la mano, sono circa venti giorni che non tocco lo strumento. Per fortuna il negozio è affollato. Un ragazzo con i capelli lunghi sta provando una Jackson, adatta all'heavy metal, e i miei *licks* incerti sono pressoché inudibili. Provo *Chicago Blues*, di Johnny Jones.

Il blues, rifletto, viene dall'altra sponda dei Grandi laghi. Ancor prima, viene ancora più da Sud, dal Delta. Forse il suono di Chicago, in quei giorni tra gli anni Quaranta e Cinquanta, giungeva a onde concentriche fin qui. Il blues aveva preso il treno, era stato elettrificato, e ora solcava l'aria. La *slide guitar* del Delta era come un aratro. Quella di metallo era essa stessa un trattore, o un treno. La chitarra elettrica di Chicago era una catena di montaggio, un'automobile, una metropoli.

Catene di montaggio, automobili, metropoli. Tutta questa catena semiotica è arcaica, proprio come le valvole accese, rosse, dell'amplificatore che traduce in suono gli impulsi elettrici dei magneti, di fronte a me. Sì, il rock'n'roll stesso è un'esperienza arcaica.

Esco dal negozio, per la mia ultima deriva a Toronto. Questa *rêverie* sul mondo postenergetico non mi abbandona. Penso a chitarre future dalle corde in budello, a una generazione di chitarristi postenergetici che cerca di riprodurre, reinventare suoni amplificati uditi durante l'infanzia.

Consumo l'ultima cena in Queen Street in un sushi bar economico. Entro per l'ultima volta nell'atrio del Global Village Backpackers Inn, che io mi ostino a chiamare Spadina Hotel. Passo davanti alla camera che fu di Jack Nicholson, e a quella degli Stones. I grandi ventilatori sui soffitti dei corridoi, accesi nonostante la temperatura non sia più calda, e nemmeno tiepida, generano una corrente maligna, ma il mio corpo non vuole saperne di ammalarsi.

Entro in stanza. Russare, odore di corpi.

Ancora una volta, l'insonnia.

Pochi giorni al ritorno in Italia. Il climax del mio viaggio è già passato.

O forse no?

Manca qualcosa.

Già mi vedo la faccia di Leo Mantovani mentre mi chiede:

«Sei stato a Vancouver, la sfavillante San Francisco del Canada?».

E ancora:

«Hai fumato il calumet della pace con un capo indiano?».

E io rispondo di no.

Mi viene in mente una conversazione con una ragazza conosciuta a Montreal, una docente di urbanistica, nata a Chicago da famiglia palestinese e cristiana. Norma Rantisi mi diceva che Vancouver non è come si favoleggia. È stata l'unica persona a parlarmi male dell'altra costa. Forse era un caso di deformazione professionale. Forse non ci sono begli edifici, a Vancouver. O forse solo un'idiosincrasia, un'antipatia irrazionale.

Vancouver. Terza città cinematografica del continente, metropoli asiatica, capitale dei videogiochi, scena musicale interessantissima, popolazione giovane. Tutti ne parlano.

La gente si veste in modo ancor più informale che nel resto del Canada.

La gente sorride molto di più che nel resto del Canada.

Vancouver è *di più* rispetto al resto del Canada.

A Vancouver ho un amico, anche se non l'ho mai visto.

In una mail che mi ha spedito prima che partissi, diceva di potermi organizzare un incontro con rappresentanti delle First Nations.

Nella Columbia britannica le culture native sono ancora vitali, la densità di popolazione aborigena è molto alta, alcuni gruppi hanno vinto importanti cause contro il governo per la restituzione di antichi territori.

Anche Pauline Johnson, la poetessa mohawk, si ritirò a Vancouver e imparò ad amare quella terra e quelle acque. Il suo libro più famoso si intitola *Legends of Vancouver*.

Decido che vale la pena prendere il toro per le corna. Vancouver, una porta sull'Oriente, la costa ovest. Poco tempo e budget risicato, ma volo fin là, prima di tornare a Montreal e poi a casa.

Estremo Occidente

Vancouver, British Columbia, 14-18 ottobre 2007

30.
L'altra costa

Volo verso la costa seguendo il corso del sole, allungandomi la vita. Queste ore le riperderò al ritorno. La chiusura del viaggio esige un radicale mutamento di prospettiva, per la prima volta in vita mia mi affaccerò sul Pacifico. Sono eccitato, lo confesso.

Non posso godere lo spettacolo delle montagne rocciose, sotto di me, una catena imponente, larga centinaia di chilometri. Mi dispiace. Amo guardare le montagne dall'alto.

Deve essere un destino. Anche a Vancouver la polizia ha ucciso un immigrato polacco a colpi di *taser*. Dicono che si comportava in modo «strano», che era «esagitato». I racconti sulla sua morte sono strazianti. Un uomo ucciso da un'arma le cui prime versioni servivano per stordire maiali.

Il generoso, il bonario, il rispettoso Canada.

All'aeroporto mi colpisce l'età del personale di terra, degli inservienti, degli addetti e dei poliziotti. C'è un bianco ogni quattro persone.

Nel 1791 l'esploratore britannico George Vancouver penetrò fino a Burrard Inlet, un porto interno che somiglia all'estuario di un fiume, o meglio a un fiordo, e diede nomi inglesi ai luoghi che vedeva. L'area era abitata da un mosaico di gruppi linguistici, distanti in maniera abissale da tutto quanto gli europei avessero visto fino allora. Il contatto tra bianchi e aborigeni americani avvenne, in questo settore del continente, trecento anni dopo l'arrivo di Colombo. Nel giro di un secolo i bianchi, a Vancouver, erano già centodiecimila. Il primo insediamento di cercatori d'oro provenienti dalla California risale al 1862. Nel 1880 arrivò la ferrovia. All'inizio del Novecento era città industriale.

Nel giro di poco più di un secolo, un mondo precontatto si era trasformato radicalmente.

I nativi rimasero ai margini. Prima dell'arrivo dei bianchi, l'area aveva conosciuto una sorta di *koinè*. Credenze religiose, stili di vita e rituali erano abbastanza simili lungo tutta la costa. Quei popoli cacciavano balene e foche, traevano dall'oceano la maggior parte del nutrimento, avevano società complesse, basate su un'economia del dono. Le tensioni sociali venivano lenite attraverso cerimonie dette *potlatch*.

Per Haida, Tlingit, Tsimshian, Salish, Nuu-chah-nulth e Kwakiutl lo scambio di doni e le danze servivano a stabilire patti e rinsaldare legami. Si gareggiava nel distribuire o distruggere beni di valore considerevole per affermare di fronte alla comunità il proprio rango, o per riconquistarlo. In origine, i potlatch erano rari, indetti in occasioni solenni come la nascita dei figli, ma nel corso del diciottesimo e diciannovesimo secolo ci fu una vera e propria inflazione. Prodotti industriali come le coperte e le pentole di rame divennero il centro dell'economia del dono, e anche l'artigianato cambiò, per adattarsi al gusto dei bianchi. Alcuni gruppi, come i Kwakiutl, utilizzavano i potlatch in forma estremamente competitiva. In molti casi i beni venivano distrutti. L'eccesso di oggetti introdusse squilibri nella struttura stessa della società e alterò i rapporti di potere.

La pratica venne messa fuorilegge tanto dal governo canadese quanto da quello americano, a causa della pressione dei missionari che vedevano come fumo negli occhi una pratica tanto contraria all'etica del lavoro protestante. Per molti decenni i *potlatch* si tennero in segreto, insieme alle danze, anch'esse bandite. E solo da poco tempo sono tornati alla luce del sole, anche se la legge non è mai stata abolita.

Rimetto la guida in tasca, la fila avanza. Un uomo dagli occhi chiari mi fa cenno dalle transenne.

È Diego Bastianutti.

31.
Diego e Giusy

«Mia moglie e io siamo rientrati in "esilio" dopo una residenza di sei anni a Cefalù (avevamo preso tutti e due la pensione anticipata dalle nostre università in Canada). Lei è milanese e io fiumano di anteguerra. Viviamo a Vancouver.»

È così che Diego si presentava in un'e-mail, pochi mesi dopo la pubblicazione di *Manituana*.

In quella lettera si offriva di tradurre un paio di racconti collaterali al romanzo, *Warraghiyagey* e *Deganawidah*. Una manna dal cielo.

Il suo curriculum parlava da solo. Diego era ed è traduttore in inglese dell'opera omnia di Ungaretti. Ha insegnato letteratura italiana e spagnola alla University of Toronto e alla Queen's University di Kingston, e ha lavorato in diversi contesti accademici italiani. Ha fondato la Società Dante Alighieri di Kingston ed è stato viceconsole onorario d'Italia. La moglie Giusy, anche lei esperta di Ungaretti, ha insegnato letteratura italiana e comparata alla University of British Columbia di Vancouver.

Due cervelli in fuga *ante litteram*.

Capelli bianchi, ben piantato, impermeabile e ombrello, Diego Bastianutti ha un'aria molto *old England*. Mentre ci accompagna a casa con la sua auto parla della città, si informa sul nostro percorso canadese. È cordiale e curioso, mai invadente. Sento di apprezzarlo da subito.

Ci racconta che Vancouver è in piena espansione urbanistica e demografica. Ogni anno la popolazione cresce di decine di migliaia di persone. Vengono soprattutto dall'Asia, ma anche dall'Europa e dal resto del Paese. Lui e Giusy abitano in un sobborgo tranquillo, Burnaby. Ancora pochi minuti e ci siamo.

4436 Southwood Street. La casa è aggrappata alla collina, con vista sul Pacifico. Non è grande, ma delle dimensioni giuste, arredata con gusto. È qui che vengo accolto come un figlio o un amico di lunga data.

Giusy Cecilia Oddo è una donna di sensibilità nervosa, il viso dolce. Gli occhi ricordano il panorama che si apre sotto di noi, sembrano avere assunto le caratteristiche del clima oceanico di queste parti. È nata a Milano, laureata alla Bocconi. Dal 1965 al 1990 ha insegnato letteratura italiana moderna all'Università della British Columbia. È autrice di un testo critico fondamentale sull'opera di Giorgio Bassani.

Quando Giusy raggiunse Vancouver a metà degli anni Sessanta, la futura capitale del Nord Pacifico era una manciata di strade deserte e case sgangherate non più alte di un piano. Tra le prime cose che vide, la figura spettrale di un indiano squamish ubriaco. In pratica, il Far West.

Giusy mi fa sorridere, definisce l'edilizia di quella Vancouver trascorsa «case da *Sette spose per sette fratelli*». Ogni tanto qualcuna di queste case, racconta, veniva spostata da una parte all'altra, alzata dal terreno e trasportata via con un grosso camion. In centro c'era un unico palazzotto, embrione di skyline, dieci piani che ricordavano vagamente il grattacielo Pirelli.

Le interazioni con i locali non devono essere state facili. Anche lei conferma la mia teoria sulla gerarchia razziale del mondo, così come è percepita dagli anglosassoni. Gli italiani, fastidiosi o pittoreschi, a seconda dell'estrazione culturale dell'interlocutore. L'Italia, luogo esotico. *Oh, I love Florence. I love spaghetti.*

Convinco Giusy a darmi una copia del suo romanzo autobiografico, *Il lungo corridoio*. Scrive una dedica leggera e profonda. Le pagine del libro mi accompagneranno per molti giorni.

Diego cura ogni singola parola, la ricerca, soppesa ed elabora. Conserva intatta una tensione alla curiosità, alla voglia di apprendere, di lasciarsi attraversare dalle cose, che gli dà un'energia sbalorditiva. Il suo entusiasmo per i miei racconti su Kingston mi emoziona. Ha vissuto lì per molti anni. Le mie informazioni sull'insediamento dei Mohawk, sul ruolo e la figura di Molly Brant, sulla sua importanza nella fondazione della città lo accendono di curiosità e sorpresa. Una sua figlia vive ancora da quelle parti. Snocciola aneddoti del suo passato accademico e diplomatico. Memorabile quello su una visita di Fanfani, allora presidente del Senato, con il maltempo a ostacolare una gita in barca sul San Lorenzo che non ammetteva fallimenti.

Ridiamo, sereni, nell'inattesa comunione che si è creata in poche ore.

Esistono persone e incontri che hanno la forza di restituirti il senso di ciò che fai in una maniera naturale, in grado di schiudere anche i cuori serrati a doppia mandata.

Il giorno dopo lo passiamo in giro sotto la pioggia a sperimentare tutti i trasporti pubblici della città. Lo Skytrain, iperrapida metro sopraelevata, che viaggia senza autista e in pochi minuti ti porta dai sobborghi di Vancouver come Burnaby fino a downtown. Il diluvio non frena il mio buonumore a Granville Island, nel cuore della città, davanti al mare, al fiordo, sotto il Granville Bridge e il Burrard. Un vecchio insediamento hippy di houseboat oggi diventato un mercato multietnico stupefacente, dove a prezzi contenuti compri cibi freschi di tutto il mondo oppure puoi fermarti a mangiare in una delle decine di cucine nazionali distribuite ovunque nei chioschi.

Gabbiani grossi come aquile e grassi come vitelli planano sull'acqua e sulle teste dei turisti, sfrontati si contendono il cibo.

Poi è il momento del Seabus, traghetto veloce che ogni quindici minuti connette downtown con North Vancouver. La traversata dura poco. Io, Diego e Giusy stiamo al coperto dentro il barcone largo e piatto, il rombo dei motori innalza il volume delle nostre voci. Parliamo dell'Italia.

Quando il traghetto attracca alla banchina, un uomo mi accosta. L'avevo già notato, volto largo, capelli candidi, occhi come spilli azzurri. Sembrava tendere l'orecchio, come se cercasse di cogliere i nostri discorsi.

«Che, siete italiani voi?»

Le porte si aprono. Mentre usciamo rispondo di sì.

L'uomo si mette al mio fianco, cammina spedito. Precediamo Diego e Giusy di qualche passo.

«Io sono italiano» dice, «di Napoli. Qui, va bene. Questa è la seconda migliore città del mondo dopo Zurigo, Switzerland. Per tutto: l'aria, l'acqua. C'è largo. Qui si può fare anche tre-quattrocento dollari al giorno. In Italia, in Italia non si può stare. C'è il governo. Qui si sta bene.»

Senza aggiungere altro si perde nel flusso di persone lungo la strada.

North Vancouver è un cantiere avveniristico, centri congressi dalle fattezze marinare affiancano spinte verticali che si specchiano nell'acqua nonostante la pioggia. Sullo sfondo troneggia il profilo del porto commerciale, la cui enormità è solo intuibile.

Si ritorna a downtown e facciamo tappa alla Biblioteca di Vancouver. Una struttura gigantesca. Una parte ha le sembianze architettoniche di un moderno Colosseo. La troviamo chiusa, c'è uno sciopero in corso. Il picchetto, uomini, e donne, sembra allegro. Forse c'è una speranza di vittoria. Qualcuno distribuisce caffè. Noto una chitarra appoggiata a una sedia.

Con Giusy parliamo degli investimenti sul sapere che si fanno qui. Mi racconta i trascorsi da docente, l'organizzazione del lavoro didattico e di ricerca.

L'Italia è molto lontana.

Colgo la mia immagine nelle vetrate di uno degli ingressi. La pioggia mi cade in testa, ma sono restituito a me stesso.

Infine, è ancora il futuro già presente dello Skytrain ad accoglierci, direzione Burnaby. E l'agognata, rinfrancante tavola di 4436 Southwood Street.

Vancouver è mare e montagne. La cosa che più colpisce in questo luogo è la sensazione di totale apertura, la possibilità per lo sguardo di spaziare, cosa insolita, quasi stupefacente in un centro urbano. C'è sempre uno scorcio o una prospettiva che ti consente di cogliere i fiordi lontani, il dorso dei monti, alzi gli occhi e il cielo è lì, denso e azzurro, quando non ti piove in testa, cosa che succede tre giorni su quattro, per la verità.

L'eccitazione fa vibrare l'aria, è la differenza tra una città che si espande, animale multiplo votato al successo evolutivo, abitato da organismi giovani, e una che si contrae, che ha paura letteralmente della propria ombra, che decade in uno sconquasso di ridicola *grandeur*. Telefono a mio fratello, viaggiatore instancabile. È stato praticamente ovunque, il Canada è uno dei suoi luoghi d'elezione, forse perché è un pescatore accanito. Gli dico che questo posto *mi piace*. Parlando con lui, la cadenza bolognese si accentua. Scambiamo frasi nel gergo giovanile della fine dei Settanta che ci accomuna. Provo una lieve, piacevole nostalgia.

Fabio tira le somme, con voce pacata.

«Per forza ti piace. Sei nella città più bella del mondo.»

Rispondo che cazzo, forse sì, è il posto più bello che ho visto.

Mi viene in mente Norma, l'insegnante di urbanistica, laggiù a Montreal, e penso a quanto si sbaglia.

Penso alla libertà che il mare concede a chi vive sulle

sue sponde, alla sensazione che si può provare in una città multietnica, dove il padrone del mondo, il maschio anglosassone, è in minoranza.

Fuori ha smesso di piovere.

Sento l'odore dell'oceano.

32.
Totem

Vancouver concede spazio alla mente. Sembra sparsa da una mano divina su isole e fiordi, circondata di montagne. Qui si percepisce nell'aria che la storia è giovane, il peso che grava sulle spalle non rischia di piantarti a terra. Tutto è pervaso da un quieto, ottimistico dinamismo. Diego racconta episodi della sua vita, l'automobile scivola sulle strade bagnate. Questa costa è piovosa, ma l'inverno è molto più mite.

Al Museo di antropologia della British Columbia provo qualcosa di simile alla sindrome di Stendhal. L'imponenza, la complessità, la ricchezza, la forza originaria di questi manufatti monumentali taglia le gambe, accelera il respiro, anche se il contesto è asettico, l'esposizione perfettamente curata. Oltre le vetrate a giorno, un prato, la ricostruzione di un villaggio Haida, con enormi totem, e l'Oceano Pacifico.

Portali decorati con intricate figure in rilievo, altissimi totem, gruppi lignei che rappresentano gli dei e gli emissari degli dei: il corvo, da cui discende la razza umana; la balena; il castoro; l'orso. Figure umane dai tratti alieni, ricche maschere. No, non ho mai visto niente di simile.

Se non sulla schiena del cantante dei Red Hot Chili Peppers.

Circa quindici anni fa ci fu la voga, negli ambienti legati al rock «alternativo», dei tatuaggi Haida. Motivi sacri che decoravano la pelle di guerrieri e uomini di medicina finirono su schiene, torsi e braccia di ragazzi bianchi, in tutto il mondo.

Questa dunque è la versione originale, senza compromessi, di quell'arte. Decontestualizzata, sterilizzata dalla violenza delle nostre scienze, ma pur sempre «originale». Chissà come hanno vissuto qui il nascere e l'affermarsi di quella moda. Forse si sono sentiti defraudati, derubati fino in fondo.

Chissà se chi decora la propria pelle con tatuaggi di altre culture si pone domande. Un ingenuo omaggio si rivela un gesto definitivo, finale. Un precipitato di colonialismo e rapina.

I tatuaggi in quello stile sono potenti, si adattano alla perfezione all'anatomia, il corpo sembra intagliato, scolpito più che dipinto. Fui tentato, all'epoca. Ora, qui, sono contento di non avere sulla pelle corvi o balene.

Diego parla con una delle guardie del museo. Una donna, sui trentacinque anni. La conversazione si protrae per qualche minuto.

Mi raggiunge, attraversando con il suo passo sciolto l'area centrale dell'esposizione.

«Il totem, quello principale.»

«Sì?»

«La donna mi ha detto che apparteneva alla sua famiglia. Può leggerne la storia. Dice che gli eventi lontani stanno in alto, quelli recenti in basso.»

Ci scambiamo uno sguardo, non servono parole. Che il totem sia stato venduto, non lo credo. Anche se è possibile. Brant, rifletto ad alta voce, vendette acri e acri della terra concessa dal re. Perché non il passato, scolpito su legno? Più probabile, però, che sia stato in qualche modo confiscato dal governo. Forse il villaggio era in declino, nessuno abitava più le case di legno, nessuno andava più a pesca di foche e balene.

Chissà cosa deve sentire quella donna, nel vedere un patrimonio simile dissacrato.

Perché in fondo di questo si tratta.

Chiudere manufatti dentro un museo significa dichiarare quella cultura morta o residuale. I musei di antropologia sono simili a zoo. Gli indiani della British Columbia, però, non sono gli egizi. Questi manufatti non sono antichi, non secondo i nostri parametri. L'esistenza di un museo simile testimonia meglio di mille discorsi l'ansia di definire gli aborigeni americani come civiltà che svanisce. Ipocrita volontà di *conservare* mentre in realtà, fuori, questa gente è viva, e lotta per un futuro dignitoso.

Tra i gruppi etnici del Canada con più alti tassi di natalità ci sono proprio le First Nations. E se gli indiani fossero il futuro anziché il passato?

Fuori, nel parco sull'oceano, ha ripreso a piovere. Mi aggiro nella ricostruzione del villaggio Haida, una casa enorme, che doveva ospitare più gruppi familiari. Mi spiegano che non è una ricostruzione, nel senso che è una vera casa Haida della fine del diciannovesimo secolo, lì, nel parco, e anche i totem sono quelli originali. Sul totem più in alto, nel luogo che ho imparato riferirsi agli eventi passati, ci sono tre figure occidentali con alti cappelli a cilindro. Quello al centro ha una barba.

La guida spiega che si tratta di Abraham Lincoln. Sta là sopra perché responsabile del declino economico di quella famiglia, che vendeva schiavi negli Stati Uniti.

Rientro nel museo, riflettendo sull'ultima notizia, e sulla inanità di definire «buoni» e «cattivi» nei processi storici. Aggressori e aggrediti, questa è una distinzione possibile. Colonizzatori e colonizzati. Sfruttatori e sfruttati.

33.
Vancouver Island

Oggi Diego mi accompagna a Victoria, su Vancouver Island, oltre un braccio di mare solcato da delfini e balene. Il traghetto parte molto presto, attraversiamo la città che è ancora buio, e appare sterminata, estesissima, non sembra un luogo da due milioni d'abitanti. Giungiamo dopo molti chilometri di buio e pioggia battente in prossimità del porto, nella zona dell'estuario del Fraser, e le installazioni portuali, in lontananza, hanno qualcosa di fantascientifico. Colonne d'automobili affiancate, in file perfette, indicazioni a prova di stupido che portano sui moli d'approdo e all'interno delle navi.

L'alba. Spettacolo grandioso. Questo braccio di mare è costellato di isole rocciose, dove la foresta è ancora prevalente. Il vento freddo penetra i vestiti, ha smesso di piovere, se saremo fortunati vedremo Vancouver Island e Victoria con il sole. Arcobaleni si alzano tra due isole, il sole manda raggi sempre più accesi.

Vancouver Island è un paesaggio agreste, campi coltivati si aprono ai lati della strada, e squarci di foresta primigenia ricordano che questo luogo è pieno di vitalità: la foresta pluviale oceanica è un habitat unico al mondo, alberi colossali, sequoie svettanti, il tronco coperto di muschio, sottobosco che copre un suolo fertile, grasso, umido.

Victoria è il capoluogo dell'isola, poco più grande della Sicilia. Il territorio, nominalmente, apparterrebbe ancora alle First Nations che vivono qui da migliaia di anni. Diego ha organizzato un incontro con rappresentanti degli indiani in un centro civico, e ci stiamo dirigendo spediti verso il luogo dell'appuntamento.

Sono prossimo alla fine del viaggio, potrò parlare di quello che ho visto e sentito con le persone che il Canada lo hanno subito, non percorso da turista, da osservatore intriso di borghesissima *curiosità intellettuale*.

34.
First Nations

Parliamo con due donne e un uomo. L'uomo, Wade, è un métis: massiccio, capelli scuri, indistinguibile da un europeo. L'identità non è quella del sangue e della razza, e quest'incontro lo conferma.

I Métis sono una comunità vasta, organizzata, nata dall'incontro tra i cacciatori e commercianti francesi e gli indiani dell'ovest canadese, Ojibwa e Cree soprattutto. Hanno una loro lingua, una loro religione, e sono l'unico gruppo nella storia del Canada a essere entrato in guerra con il governo centrale, tra il 1870 e il 1885. Wade ci parla con passione di Louis Riel, il leader carismatico di quelle rivolte, e di come fu tradito, catturato durante un incontro di trattativa e giustiziato.

Poi si sofferma sulla «battaglia per il riconoscimento» del loro gruppo etnico. Dopo la fine del conflitto, la comunità métis conobbe una totale dispersione. Nella legislazione nazionale non erano riconosciuti né come nativi né come cittadini. In quello stesso periodo avvenne il genocidio dei bisonti da parte dei nuovi coloni. In pochi anni si passò da settecentomila capi a tredici.

Leslie è una inuit. Robusta anche lei senza essere grassa, carnagione olivastra, capelli scuri, occhi appena allungati. Va in giro ovunque per conferenze e lezioni. Scuole, università, associazioni di bianchi. È preparata e precisa.

Ci parla delle rivendicazioni territoriali, ancora basate sulla *Proclamation line*, l'editto reale del 1763 che impediva ai coloni di acquistare terre indiane a occidente dei Monti Appalachi.

Il passato è ancora presente. *Manituana* parla di oggi. In fondo i discendenti di re Giorgio III sono ancora i sovrani di questa nazione. Eppure, quando una comunità indigena dimostra il suo diritto su un'area, questo non si estende alle risorse minerarie e petrolifere. Il sottosuolo del Canada appartiene alle grandi industrie.

La voce di Leslie si fa più grave quando affronta il tema degli affidamenti, un sostituto moderno, *soft* e politicamente corretto delle Residential Schools. Molti figli di famiglie native disagiate vengono dati in affido a coppie di origine europea. Ma i criteri che definiscono il disagio sono culturali, stabiliti dalla comunità dominante, e i giudici per i minori che decidono i provvedimenti sono tutti bianchi.

Leslie sostiene che è un progetto di assimilazione forzata, in un Paese come il Canada che fa del multiculturalismo una bandiera.

L'occasione per rendere visibili al mondo le condizioni dei nativi canadesi saranno le Olimpiadi invernali del 2010, che si terranno a Vancouver. Il logo della manifestazione è già stato scelto: un *inukshuk* antropomorfo e colorato di nome Ilaanaq, che significa «amico». Peccato che non c'entri nulla con le culture di questa area del Canada: gli inuit vivono centinaia di miglia più a nord e i loro *inukshuk* sono austere pile di pietre, non imitano mai la figura umana. Di certo non hanno la testolina sorridente di Ilaanaq, che qualcuno ha già paragonato a Pac Man.

Gli indiani sono merce culturale, accomunati a forza da un'identità nazionale incerta.

L'altra donna si chiama Tanya, ha un viso scavato, il naso aquilino e appartiene alla nazione Squamish.

Mi mostra una foto e mi racconta una storia.

La foto rappresenta tre individui, il volto coperto da un passamontagna nero. Se non fossero così alti, potresti scambiarli per indios zapatisti del Chiapas.

Due di loro tengono stretta la bandiera dei Mohawk: rossa, con al centro un sole raggiante e una testa di indiano.

Il terzo ha in mano un quadro, una foto di donna incorniciata.

Alle loro spalle, di sfondo, gli enormi cerchi di una bandiera olimpica.

La storia comincia il 6 marzo 2007, alle prime luci dell'alba. Una pattuglia della Native Warriors Society attraversa la piazza del municipio di Vancouver e si avvicina al palo che sostiene lo stendardo dei Giochi. I guerrieri fanno saltare la serratura di un piccolo sportello alla base del pennone e accedono così al cavo alzabandiera. Un colpo di tronchese: la gigantesca bandiera plana sull'asfalto. La pattuglia la ripiega come un lenzuolo e scompare.

Il giorno dopo, la Native Warriors Society rivendica il furto in un comunicato spedito per e-mail.

Condannano le distruzioni che le «grandi opere» per

le Olimpiadi infliggono al territorio ed esprimono solidarietà con chi si batte per fermarle.

Dedicano la loro azione a Harriet Nahanee, anziana guerriera, per il suo coraggio nel difendere la madre Terra.

Niente Olimpiadi sulle Terre Rubate!

Come spesso accade, una storia se ne porta dietro un'altra e non posso fare a meno di chiedere chi sia questa Harriet Nahanee.

Tanya ha pronta un'altra foto.

Mostra una donna anziana, i capelli bianchi, che legge il giornale alla luce di una torcia, dentro una tenda igloo. Non deve essere caldo, perché la donna indossa una giacca pesante, guanti e stivali imbottiti. Fuori è il crepuscolo, profili di abeti si stampano sul cielo che scurisce. La tenda è montata sull'asfalto di una strada. Poco più indietro, in secondo piano, una ruspa cingolata attende a capo chino, come un brontosauro d'acciaio.

La donna nella tenda non è Harriet. Si chiama Betty Krawczyk.

Il luogo si chiama Eagleridge Bluffs, un promontorio di boschi e scogliere nella zona di West Vancouver.

La ruspa è uno dei mezzi impegnati nell'ampliamento della Highway 99, e più precisamente del tratto «Dal mare al cielo» (*Sea-to-Sky)*, ribattezzato dai giornalisti «Guida per morire» (*Drive to Die),* per via delle sue due corsie senza spartitraffico né barriere esterne.

Harriet e Betty si conoscono durante i blocchi contro i lavori dell'autostrada, una delle grandi opere connesse ai Giochi invernali. Sono le uniche due bisnonne presenti sul posto: Harriet ha settantun anni, Betty ne ha settantotto. Harriet è un'indiana Pacheenaht sposata con uno Squamish, Betty è nata in Louisiana da una famiglia di origini polacche. Harriet è lì per difendere la terra Squamish, e consegnarla intatta ai suoi pronipoti di tutti. Betty è lì per difendere un ecosistema unico, e consegnarlo intatto ai suoi pronipoti.

Il 5 marzo 2007, un giorno prima del furto della bandiera olimpica, la corte della British Columbia condanna Betty Krawczyk a dieci mesi di prigione. In luglio le avevano ordinato di non farsi più vedere a Eagleridge Bluffs. Lei aveva preso la sua tenda e ci era tornata. I poliziotti l'avevano sollevata di peso e allontanata.

Ci è tornata di nuovo. L'hanno arrestata.

Davanti alla corte, si rifiuta di condannare i blocchi e di chiedere scusa per la propria condotta.

Nella prigione dove la indirizzano, è stata incarcerata anche Harriet, ma con una pena più lieve: solo quattordici giorni.

La Native Warriors Society, nel suo comunicato, sostiene invece che la corte statale ha condannato Harriet a morte.

L'ha uccisa una polmonite il 24 febbraio 2007, appena un mese dopo il processo e una settimana dopo che l'hanno rilasciata. Alla lettura della sentenza, Betty Krawczyk e altri amici avevano avvertito i giudici che Harriet era malata di asma e di una brutta influenza. Non l'hanno ascoltata.

Harriet Nahanee è nata qui, a Vancouver Island, nella riserva degli indiani Pacheenaht. A soli cinque anni l'hanno presa, separata dalla famiglia e internata nella Ahousat Residential School. Cinque anni dopo la trasferiscono, insieme a trecento ragazzini come lei, in un'altra scuola, l'Alberni Residential, dove subisce e vede subire violenze di ogni genere. Punizioni se parli la tua lingua o canti una canzoncina tradizionale. Bastonate se rubi una mela per integrare un pasto da fame. Stupri a ripetizione.

Dice di aver rimosso tutto, Harriet, per decenni, finché sua figlia non s'è suicidata. Allora s'è domandata: «Perché non sono stata una brava madre? Perché sono stata un'alcolista?».

È andata a parlare con uno psichiatra e ha tirato fuori tutto. «Penso che il governo e la chiesa ci fecero tutto questo in maniera deliberata, per prenderci le terre e le risorse. Era solo un modo per renderci inadeguati, per farci restare dipendenti.»

Poi Tanya aggiunge un'ultima cosa che mi riporta a *Manituana*.

O meglio: che riporta *Manituana* qui, ora.

Dice che Harriet contestava i capi eletti dal suo popolo per aver acconsentito ai lavori sulla Highway 99. Contestava il loro stesso diritto a decidere la sorte di un territorio della nazione.

I contrasti tra le matrone irochesi e i vecchi sachem attraversano in lungo e in largo le pagine del mio romanzo. Allora le donne mohawk potevano revocare il mandato dei capi. Forse oggi non è più così.

Harriet sosteneva che i nativi d'America aspettano ancora il loro Malcolm X.

A giudicare da queste storie, è più probabile che si tratterà di *una* Malcolm X.

Chiedo notizie di Betty Krawczyk, mi manca il finale della sua ballata.

È ancora in carcere. Qualche mese fa, in pieno giorno, un'ex guardia giurata ha scritto: «Free Betty» con lo spray, sull'orologio monumentale installato a downtown per fare il conto alla rovescia fino all'apertura dei Giochi. Al giudice ha detto di aver votato *sì* al referendum su Vancouver sede olimpica, ma di essersi pentito.

Betty Krawczyk, dalla prigione, ha sottolineato le strane priorità del governo: «Se uno fa una scritta su un oggetto inanimato, lo prendono subito e lo processano, ma se un corpo vivo come quello di Eagleridge Bluffs viene violentato e ucciso, lo chiamano progresso».

Epilogo
Montreal, 20 ottobre 2007

35.
Ally's

Lacrime. Sperimentarne l'abitudine nell'età adulta induce a riflessioni. Dicono che è la più ovvia manifestazione degli stati depressivi. Senz'altro giusto. L'anima che si incrina su un piccolo inciampo, un ricordo, un'immagine, un volto. Di recente, con la donna che amo, abbiamo scherzato che quando rischi di commuoverti durante uno spot commerciale, allora davvero qualcosa non funziona.

Da bambino ho pianto poco, da adolescente quasi mai. Più avanti, fin oltre i trent'anni, forse mai. Allo scoccare del millennio, superati i trentacinque, i primi segnali concreti.

Ti rammollisci, pensai. Altro che.

A Genova piansi. Non solo per i lacrimogeni. Per la paura, lo sgomento, l'impotenza, la responsabilità di aver condotto lì molta gente, in una trappola preparata da tempo. Piansi a lungo.

Non mi sono più fermato.

Esagero, tuttavia c'è una parte sostanziosa di verità. Lacrime scandiscono i picchi emotivi delle mie giornate molto più spesso che in passato. Eventi grandi o episodi minori scatenano la miscela di sussulto e abbandono. In alcune circostanze ho avvertito un effetto balsamico. Non nego il segnale patologico o la sofferenza, non per quanto mi riguarda. Voglio dire che ho rispetto per chi piange, e che dopo che ci si guarda piangere, da adulti, si ha un'altra percezione di sé.

Sarebbero state lacrime, alla partenza da Vancouver, se avessi assecondato in pieno il fluire delle emozioni. Il saluto a Diego e Giusy, il calore di quella tavola all'ora di cena. Ultima tappa Montreal. Giorni volati via, un mese trascorso sul guscio della Grande Tartaruga, che si è rivelata molto generosa con me. Per incontri, scene, facce. L'albero a Punta Molly Brant, sul Rideau Canal. Il gatto che è venuto a strusciarsi a Wolfe Island. La faccia di Wayne Hunter, a metà tra Braccio di Ferro e Gene Hackman. La vibrazione percepita dai piedi sopra il San Lorenzo. La colazione di Mimi. La pietra della tomba di Joseph Brant di fianco alla Mohawk Chapel. I colori di Sei nazioni, sul Grand River. L'imbarco all'alba per Victoria Island, la prima volta sul Pacifico. L'incontro al Centro di cultura nativa a Victoria. E ancora.

Lacrime, come quelle che scorrono oggi su Montreal. Fitte, incessanti, legate insieme da una gravità instancabile.

Avrei voluto salutare la città con un ultimo giro d'addio. Arrampicarmi sulla Montagna, scendere verso Square St. Louis. Passare da *Primitive,* il negozio di dischi, e chiedere al proprietario dove sono finiti gli Haunted.

Invece piove e per la prima volta da quando sono partito rimpiango i portici, l'utero di Bologna.

Il giorno della partenza ho raggiunto l'aeroporto G. Marconi con il Blq, il bus navetta più caro del mondo, cinque euro di biglietto per un normale percorso urbano. Decido che farò altrettanto, ho l'intera mattinata davanti, e un modo per arrivare al Trudeau con i mezzi pubblici deve esserci per forza.

Restare in albergo a guardare fuori dalla finestra mi mette tristezza. Ho la sensazione di perdere tempo prezioso. Tre o quattro ore d'attesa in una sala d'aspetto, invece, mi appaiono più normali. Il viaggio è finito, si torna a casa. Puoi leggere un libro senza l'impressione di perderti qualcosa. Senza una città, là fuori, che non ti ha ancora svelato metà dei suoi segreti.

Così preparo i bagagli, trolley e zainetto, e mi avvio sotto l'acqua alla fermata della metro.

All'ufficio informazioni mi propongono lo shuttle bus, che parte dalla stazione centrale, passa da alcuni alberghi e arriva all'aeroporto in quarantacinque minuti, traffico permettendo. Non mi soddisfa. Le fermate allo Sheraton e in altri hotel di lusso mi fanno pensare a un servizio per turisti ricchi. Chiedo se non c'è altro. L'addetta risponde che l'alternativa esiste, ma è una piccola *via crucis*. Meglio così. Devo cambiare due metro fino a Vendome, prendere il treno locale per Dorion/Rigaud, scendere a Dorval, salire sull'autobus 204.

Arrivato a Vendome scopro che il treno non è tanto frequente. Il prossimo sarà qui tra due ore.

Guardo fuori, piove a dirotto, penso che avrei fatto meglio a restare in albergo. Non so se aspettare, tornare indietro, avventurarmi sotto il diluvio. Mentre pondero le possibilità, studio la mappa della metro e dei treni di periferia. Mi è sempre piaciuto viaggiare così, da fermo.

Aprire un atlante stradale e leggere i nomi dei villaggi in una regione sperduta della Romania. Mio padre aveva un fantastico orario ferroviario della Thomas Cook. C'erano sopra i treni di tutto il mondo: Pechino – Hanoi, Atene – Berlino, Trento – Venezia. Da piccolo lo sfogliavo e imparavo a memoria le fermate intermedie. Anni dopo, quando organizzai con gli amici un viaggio in Spagna, ricordavo ancora l'esatto orario di partenza del convoglio che da Genova raggiungeva San Sebastian.

Nella bacheca a fianco, fitta di fogli e tabelle, un nome aggancia lo sguardo come un amo.

Kahnawake.

Il territorio mohawk più vicino a Montreal.

L'autobus per arrivarci parte dalla stazione di Angrignon, capolinea della metro di colore verde. Una delle fermate si chiama Five Nations Iroquoian Village. Controllo l'orologio appeso al muro. Se tutto va bene, se prendo le coincidenze giuste, ho abbastanza tempo per andare, farmi un giro, tornare in città, correre in taxi al Trudeau, saltare sull'aereo.

L'impresa mi galvanizza. Cerco gli armadietti per lasciare la valigia, ma non ci sono e allora torno all'ufficio informazioni e prego la ragazza di tenermela d'occhio lei, solo qualche ora. Si alza, apre la porta di uno sgabuzzino di scope e mi dice che posso lasciarla lì, se non mi dispiace, però lei non garantisce eccetera.

Ringrazio di cuore. Vado.

Magari nel frattempo smette anche di piovere.

Invece no. Quando il treno riemerge alla luce del giorno, il diluvio è ancora più intenso. Salgo sull'autobus che attraversa il San Lorenzo sul Mercier Bridge, imbocca la highway 138 ed eccomi «Presso le Rapide». *Kahnawake*, in irochese.

Chissà che mi aspettavo. L'idea europea di territorio abitato ha una compattezza, una densità che qui evapora all'istante. Le fermate del bus sono piuttosto aleatorie. Ho chiesto all'autista di scendere al Cultural Centre, ce n'è di sicuro uno, ma lei mi ha guardato con aria perplessa e poi si è fermata nei pressi di un largo incrocio.

Sceso a terra, mi rendo subito conto che gli edifici sono molto più radi di come mi erano apparsi dal finestrino. In meno di cinque minuti i miei pensieri sono liquefatti dalla pioggia battente, come tutto il mio essere. Quasi impossibile trovare qualcuno per strada. Mi aggiro a casaccio, tra gabbiotti e capanni per la vendita delle sigarette, uno dei controversi business per l'intera comunità mohawk. Sono tutti chiusi. Sarà che è ora di pranzo, sarà che con questo tempo ha poco senso tenerli aperti.

Vago sotto l'acqua. Lacrime torrenziali lungo il ciglio della strada. Non sentirle più, lasciare scorrere tutto in mille rivoli.

Finché da un edificio basso, l'unico nella miriade di chioschi per fumatori, spunta l'insegna di un bar: *Ally's*.

Entro, come una biscia sbucata da un fosso. Mi levo la giacca grondante, trovo un attaccapanni e prima ancora di sedermi, una donna di mezza età, forse la stessa Ally, mi ha già versato un caffè lungo, bollente e ristoratore. Scaldo le mani attorno alla tazza e mi guardo intorno.

Sei o sette persone, disposte su tre tavoli. Fatta eccezione per me, ovvio, si conoscono tutti. Sono l'unico bianco. Mi osservano, ma senza disagio o aggressività. Due donne, una anziana, siedono con due ragazzi. Fumano tutti e fumo anch'io, ma non tabacco, per ora. Sono i vestiti che evaporano l'acqua di cui sono intrisi.

Entra un'altra donna, non giovane, corpulenta. Tutti la salutano e la situazione pare animarsi. Prende posto insieme alle altre donne e ai due ragazzi. In breve il tono delle voci sale, comincia una raffica di scambi e battute che ha per protagonista l'ultima arrivata. Ridono tutti. Solo io sorseggio con calma il mio caffè, assaporando il piacere del corpo che inizia a riscaldarsi. Capisco due parole su quattro e le allusioni a fatti e persone mi sono del tutto ignote, ma il clima e le strizzate d'occhio mi contagiano. Sorrido.

Guardo queste donne mohawk dalle rughe profonde e dagli occhi grandi, penso a quanta memoria contengono, alle storie delle madri, e delle madri delle loro madri. Mi resta soltanto un'ora per trovare il Cultural Centre, sfogliare ancora qualche libro, qualche documento, informarmi sulle attività, poi mettermi in strada e saltare sull'autobus che torna in città.

Ma all'idea di affrontare di nuovo il muro d'acqua le membra e la mente si ribellano.

Mi sento bene qui, immerso in una quotidianità accogliente.

Dovrei attirare l'attenzione di Ally per chiederle il conto, ma lei si è seduta al tavolo e parla con le amiche.

La osservo e all'improvviso il suo volto mi sembra familiare, già visto. Un'austera madonna indiana. La statua di Molly Brant nel giardino della casa di riposo in Rideau Street, a Kingston.

Resto incantato a guardarla abbastanza a lungo perché se ne accorga e torni ad avvicinarsi con la caraffa in mano.

«Altro caffè?»

Fisso la tazza vuota, poi il vecchio orologio alla parete. Quanto tempo rimane?

Gli occhi di Ally ridono della mia incertezza e fanno sorridere anche me.

È una sensazione inattesa. Sono sereno.

Grazie.

Appendice
Due nascite e una morte

La caduta di Donna del Cielo

Molto prima che il mondo fosse creato, c'era un'isola nel cielo abitata da una razza celeste. Un giorno una donna gravida cadde attraverso il buco di un albero sradicato e cominciò a precipitare per un tempo che sembrava infinito.

Uscendo dalle tenebre vide gli oceani sotto di sé. Tutto era coperto da acque profonde, gli uccelli riempivano l'aria, e mostri terribili abitavano gli abissi.

Le anatre videro la donna cadere dal cielo e subito tennero consiglio.

«Come possiamo evitare che cada nell'acqua?» si chiesero. Dopo aver discusso, decisero di rallentare almeno la sua caduta. Ogni anatra aprì le ali fino a toccare quelle delle altre e così unite adagiarono la bellissima donna sulla superficie dell'oceano.

Allora i mostri degli abissi tennero consiglio, per decidere come proteggere quell'essere meraviglioso e non farlo affogare. Decisero che solo la Tartaruga Gigante era abbastanza grande per sostenere il suo peso. La Tartaruga si offrì volontaria e i castori portarono il fango sulla sua corazza per renderla più morbida. La donna fu dolcemente appoggiata sul dorso della Tartaruga che iniziò a crescere fino a diventare una grande isola.

Dopo qualche tempo, Donna del Cielo partorì due gemelli. Gemello Destro creò tutte le cose buone sulla terra, fece crescere il mais, i frutti e il tabacco. Gemello Sinistro creò le erbacce, i vermi e gli scarafaggi e tutte le creature che fanno male agli animali e agli uccelli.

Per tutto il tempo la Tartaruga Gigante continuò a crescere e così il mondo divenne sempre più grande. A volte la Tartaruga si muoveva e provocava il terremoto.

Dopo che furono passati molti anni, Gemello Destro decise di creare gli uomini e poiché voleva che superassero in bellezza, forza e coraggio tutte le creature, estrasse sei coppie dalle fondamenta dell'isola, dove fino ad allora avevano vissuto come talpe.

La prima coppia venne lasciata vicino a un grande fiume, oggi conosciuto come Mohawk e per questo i loro discendenti sono chiamati così. Alla seconda coppia venne ordinato di costruirsi una casa a fianco di una grande roccia e i loro discendenti sono chiamati Oneida. Una terza coppia venne lasciata su una collina ed è sempre stata chiamata Onondaga. La quarta coppia generò i Cayuga e la quinta i Seneca.

La sesta coppia venne condotta lungo il fiume Roanoke in quella che oggi è il North Carolina e là originò i Tuscarora. I Tuscarora dicono che è là che il Reggitore del Cielo costruì la sua casa, mentre insegnava alla loro gente molte tecniche e conoscenze utili. Ma ciascuna delle altre cinque nazioni direbbe che è presso di sé che il Reggitore del Cielo costruì la sua dimora sulla Terra.

Con il passare degli anni, molte famiglie irochesi si distribuirono anche nell'odierna Pennsylvania, nel Midwest e nel Canada meridionale.

Alcuni si stabilirono dove l'orso era la preda principale e per questo vennero detti il clan dell'Orso. Altri vivevano dove c'era abbondanza di castori. Per questo vennero chiamati clan del Castoro. Per motivi simili ricevettero il loro nome i clan del Lupo, del Cervo, della Beccaccia e della Tartaruga.

Intorno al 1140, Mohawk, Oneida, Onondaga, Seneca e Cayuga si unirono per formare la Lega delle Cinque nazioni irochesi, nell'odierno stato di New York.

Nel 1715 i Tuscarora, provenienti da sud, vennero accettati come sesta nazione della Lega.

Deganawidah / La Grande Pace

Perché ho intrapreso tutto questo.

Ricordo. Ricordo ogni stagione, ogni giorno, ogni istante della mia vita. Posso andare a ritroso fino al momento della nascita, e anche prima, quand'ero nel nulla, quando sangue e linfa mi formavano nella matrice. Forse sono solo un uomo. Forse proprio per questo posso fingermi divino, pelle spessa e corpo come cristallo.

Seduto su una roccia, la mia immagine riflessa nel lago, vennero nel cuore le parole, vento che porta suoni lontani. Una Legge: riflesso nell'acqua, il mio corpo era quello di un uomo. Se la mia pelle era trafitta da una spina, sanguinavo. Se amici e fratelli morivano, io piangevo. Capii che non c'era differenza tra me e gli altri.

Vidi un uomo dibattersi sul fuoco, resistere alla tortura. Sentii il suo dolore nella mia carne. Vidi un fiume di esseri umani, un lago vastissimo di esseri umani, un cielo ribollente di esseri umani, e ognuno si dibatteva nella sofferenza, e tutti avevano gli occhi chiusi. Il loro pianto riempiva ogni angolo del mondo. Vidi un segno nel cielo.

Gli uomini si uccidono, tradiscono i patti, si cibano gli uni della carne degli altri. Hanno dimenticato il loro volto. Sentii il petto aprirsi, e Donna del Cielo parlò nel mio cuore. Una Legge, perché gli uomini sono della stessa Madre. Una Legge, perché finisca il dolore. Una Legge, fino alla fine del tempo.

La maggior parte degli uomini non lo capiva. Credevano fosse l'accento – il Pacificatore veniva da un luogo oltre i laghi – e invece le parole erano tutte comprensibili. Dicevano che avesse una doppia chiostra di denti, per questo le parole non uscivano chiare. Ma non era il suono. Piuttosto, era il senso che sfuggiva. Il Pacificatore giungeva nei villaggi preceduto da una nube di pioggia carica di storie, tutte incredibili, e i cani non latravano.

Ai guerrieri non piaceva. Gli uomini di medicina lo consideravano uno sciamano potente. Le donne chinavano gli occhi e zittivano.

Le storie raccontavano di una nascita prodigiosa. Narravano di come avesse convinto il suo compagno Hiawata a rinunciare alla carne umana e poi, insieme, avessero preso a girare di nazione in nazione, di villaggio in villaggio per proclamare la Grande Pace. Aveva traversato il lago Ontario a bordo di una canoa di quarzo bianco, e il primo discepolo era stato una donna: nutriva una banda di assassini ed era la loro cagna, ma si era messa a piangere appena aveva veduto il volto di Deganawidah, il Pacificatore, ed era divenuta la sua ombra.

Ora, davanti ai guerrieri del Popolo della selce, c'era solo un uomo.

«Dov'è Hiawata? Dove è Faccia Grassa, la donna che ti segue come un'ombra?»

La ferocia dei guerrieri scorreva sotto pelle, muscoli tesi, occhi sgranati. Il più alto e possente, maschera di guerra nera e collana d'ossa al collo, fece una finta alzando la mazza sul capo.

Il Pacificatore non batté ciglio. Non arretrò, nè provò a schermirsi.

«Dov'è la tua canoa di pietra? Sei veramente Deganawidah?»

Il Pacificatore fece un cenno d'assenso.

«Dici che siamo tutti affratellati. Ma com'è possibile, se sei figlio di una vergine Huron? Guarda, ho ancora tra i denti la carne di tua madre!»

La gravità dell'offesa era mortale. Deganawidah non tradì alcuna emozione. Di solito, i guerrieri si sarebbero lasciati andare a risate sguaiate, ma qualcosa li frenava. Le risate furono brevi, nervose. Il guerriero dalla maschera nera proclamò: «Se vieni davvero dal mondo sopra il cielo, devi sottoporti a una prova. Se sei davvero il Pacificatore, perché il mio cuore è ancora gonfio di rabbia?».

Deganawidah levò i palmi verso l'alto, e cominciò a cantare.

Portatemi alla cascata, cantò. Innalzatemi fino alla cima dell'albero più alto, e crederete a quello che dico. Ho fatto un sogno, un essere del cielo mi scuoiava, tirava fuori dal ventre cuore e viscere, vedevo la mia pelle stesa a seccare in un solo pezzo, le mie viscere lavate con l'acqua che usciva dalla bocca grande come tutto il cielo. L'essere del cielo mi prendeva in mano, mi rivestiva della pelle essiccata, riempiva il buco del ventre con cuore e viscere appena lavate.

Il Popolo della selce – guerrieri, donne, vecchi e bambini – formava un corteo dietro al Pacificatore. Oltre il fiume, dalla parte della cascata, si accendevano arcobaleni. Il canto proseguiva.

Mi ha detto di fare lo stesso con tutta la gente. Quell'essere è Donna del Cielo, nostra madre, e noi siamo tutti della stessa matrice. Ora innalzatemi in cima al pino più alto, al pino bianco che sovrasta la corrente, innalzatemi con le corde, e crederete a quello che dico.

Il corpo di Deganawidah ascendeva. Il rumore della cascata sovrastò il canto. Poi le parole divennero di nuovo udibili. Ora abbattete l'albero, voi Mohawk. Abbattete quest'albero bianco in modo che cada nel fiume, che la cascata lo porti via.

Tutti videro Deganawidah buttarsi in acqua appena prima che il tronco si abbattesse sulla superficie.

Nessuno vide Deganawidah affiorare.

Così muore il Pacificatore, pensarono tutti. Alcuni guerrieri si compiacquero nel fondo dei cuori: nessuno li avrebbe fatti cambiare.

Altri si sentirono pervadere di tristezza. Nessuno li avrebbe fatti cambiare.

Il Pacificatore era un uomo come tanti, pensarono alcuni. Quell'uomo non era davvero il Pacificatore, pensarono altri.

Il mattino, dall'alto della palizzata che circondava le Lunghe case dei Mohawk, alcune sentinelle videro un filo di fumo alzarsi a valle, lungo il fiume. Vennero mandati esploratori, che tornarono con Deganawidah. Lo avevano trovato seduto accanto al fuoco. Fumava la pipa.

Il pacificatore aveva vinto. Il Popolo della selce avrebbe ascoltato le sue parole. Mentre proclamava la Legge della Grande Pace, alcuni vennero presi da brividi. Altri vomitarono. Altri ancora si precipitarono nelle case, tirarono fuori tutti gli oggetti e li bruciarono. Era la vita che avevano condotto fino ad allora, più lupi e cani che uomini. Alcuni si sentirono invadere da un fuoco che divorava le viscere. Altri vennero trasportati di là delle nuvole.

Il volto di Deganawidah prese a risplendere. Comparvero al suo fianco Hiawata e Jigonsahsen, Faccia Grassa, che ora tutti chiamavano Faccia Nuova. Erano usciti dall'oscurità che circondava i fuochi del consiglio, come tutti i Mohawk.

Warraghiyagey / The Funeral

Johnson Hall, valle del fiume Mohawk, 13 luglio 1774

Nel nome di Dio, Amen. Io, SIR WILLIAM JOHNSON, *da Johnson Hall, nella contea di Tryon, provincia di New York, Baronetto, in sana condizione di mente, dispongo:*

In primo luogo e principalmente, rendo la mia Anima al Dio venerabile e grande che l'ha creata e istruisco affinché il mio corpo abbia degna sepoltura ove ho stabilito. È mia volontà che i resti della mia amata moglie, Catharine Johnson, siano colà deposti, se non sarà stato fatto prima del mio decesso.

Lascio alla direzione e al giudizio dei miei esecutori decidere quali tra gli amici e conoscenti porteranno la bara. Costoro dovranno indossare sciarpe, nastri e guanti bianchi.

L'onore di scortare il feretro era toccato al governatore Franklin del New Jersey e ai giudici DeLancey e Banyar della corte suprema di New York. Nessuno di loro, nel caldo torrido di quel tredici luglio, si era sentito in dovere di indossare guanti e sciarpa, come indicato da Sir William in una mattina d'inverno. Per farli grondare oltre i limiti del decoro, bastavano le parrucche incipriate.

Il defunto aveva firmato il testamento sei mesi prima, dopo un anno di cattiva salute. Né le medicine del dottor Stone né le piante di Molly Brant lo avevano guarito da uno stato di cronica stanchezza e malessere.

Istruisco i miei esecutori affinché procurino vesti da lutto alla mia governante Mary Brant, detta Molly, a tutti i miei figli mezzosangue mohawk e analogamente ai miei servitori e schiavi.

È altresì mio desiderio che i sachem di entrambi i villaggi mohawk siano invitati alle mie esequie e colà ricevano ciascheduno una cappa, nastri e guanti neri da indossare in segno di lutto accanto alla mia famiglia e agli amici.

La spesa complessiva non superi le trecento sterline.

Tutti i miei debiti e le spese funerarie saranno pagati da mio figlio, Sir John Johnson, Cavaliere.

Johannes Tekarihoga di Canajoharie e Piccolo Abramo da Fort Hunter infilarono i guanti non appena la bara fece capolino dal portone di Johnson Hall. Il primo, sotto l'ampio mantello, portava soltanto una collana di wampum e braghe di lino grezzo. Collo e torace erano coperti di tatuaggi. L'altro indossava camicia e pantaloni di colore grigio. Immobili, pelle asciutta d'argilla rossa, abiti neri, capelli rasati con un unico ciuffo al centro del capo: statue di legno di pino di spiriti guardiani, posti in fondo alle scale per tenere lontani i demoni dei boschi.

Davanti a loro, i parenti più stretti del defunto si preparavano a seguire il feretro.

Il primogenito John, alto e slanciato, raro esempio di «baronetto ereditario». Nell'attribuire la carica al padre, re Giorgio aveva concesso il singolare privilegio di poterla trasmettere ai discendenti.

Le figlie Mary e Nancy, occhi gonfi di pianto, strette al braccio dei mariti.

Questi ultimi avevano molto in comune: i chili di troppo, l'indole pigra, l'impiego nel dipartimento per gli Affari indiani, per vent'anni diretto da Sir William. Tuttavia, tra Guy Johnson e Daniel Claus vi erano differenze importanti: il primo era non solo genero, ma anche cugino del commissario e suo successore designato. Il tedesco Daniel, invece, si occupava degli indiani canadesi, abbastanza lontani da garantirgli lo stipendio senza particolari fatiche.

Lascio in eredità a mio figlio, Sir John Johnson, la mia biblioteca e i mobili della Johnson Hall, fatta eccezione per quanto è nella mia camera da letto e nella camera dei bambini, che va diviso tra loro. Lascio a lui anche il vasellame e l'argenteria e un quarto dei miei schiavi e del bestiame. Lascio alle mie figlie, Nancy Claus e Mary Johnson, metà dei miei schiavi e del bestiame. L'altro quarto dei miei schiavi e del bestiame, insieme al vestiario di lana e di lino, vada ai figli della mia governante, Molly Brant.

Il pastore Stuart terminò le preghiere del rito anglicano. Il giovane Peter Johnson imbracciò il violino e suonò l'accordo iniziale della marcia funebre.

Il capitano John Butler, irlandese del Connecticut, intonò l'inno con voce baritonale, potente e decisa, appena arrochita dai sigari. Tra i presenti era uno dei pochi che avesse preso parte alla Battaglia del lago George, al tempo della Guerra franco-indiana. L'impresa aveva fruttato a William Johnson il titolo di baronetto, oltre alle fastidiose fitte all'anca nei giorni di pioggia.

Tutti conoscevano il racconto di quella giornata campale, quando il Commissario Johnson era stato ferito e Capo Hendrick ucciso mentre combatteva al suo fianco.

Fin dal mattino il vecchio Hendrick aveva espresso brutti presentimenti a William Johnson, eppure non aveva voluto lasciarlo solo ad affrontare i francesi. Aveva incitato i guerrieri a combattere, anche se soltanto pochi si erano lasciati convincere: con i francesi erano schierati i Caughnawaga, fratelli dei Mohawk.

Hendrick e i guerrieri erano andati in avanscoperta, finendo dritti nell'imboscata dei nemici. Li aveva accolti una muraglia di spari e fiamme. Il cavallo del vecchio capo si era imbizzarrito e lo aveva disarcionato. I Caughnawaga si erano avventati su di lui con i coltelli.

A tanti anni di distanza, il capitano Butler vedeva l'ultima battaglia di Hendrick come un sacrificio. Era come se l'indiano sapesse che la vittoria gli sarebbe costata la vita. Forse sentiva che solo la sua morte avrebbe dato ai Mohawk la rabbia necessaria per vincere i nemici.

Così era stato. I guerrieri si erano scatenati. Butler ricordava le grida, il sangue nemico che colava sulle loro braccia. Anche lui si era buttato nella mischia. Alla fine della giornata tenevano il campo e i francesi erano in rotta. William Johnson aveva un proiettile nel fianco, avevano dovuto portarlo via con una barella di fortuna, mentre intorno a loro i guerrieri si vendicavano sui feriti.

Quel giorno avevano rischiato tutto, al punto che il resto della guerra era sembrato un'impresa facile.

Con la resa della Francia era iniziata l'epoca più prospera e pacifica per la valle, sotto l'egida di Sir William e del dipartimento per gli Affari indiani. Buoni commerci, buoni raccolti, molti figli. Per i Mohawk, quell'irlandese dalla chioma fulva era diventato Warraghiyagey, Conduce Buoni Affari.

Lascio a Peter Johnson, mio figlio naturale da Molly Brant, mia attuale governante, la fattoria e il terreno che ho comprato dagli Snells, proprietà Stone Arabia, con tutte le costruzioni e il mulino; più 200 acri nelle vicinanze, parte della proprietà Kingsborough; più 4000 acri del Royal Grant, vicino al fiume Mohawk, e un'altra striscia di terra dalle Little Falls al Lotto n. 1, di fronte alla casa di Nicholas Herkimer, che consta di 2 lotti.

Lascio a Elizabeth, sorella del detto Peter e figlia di Molly Brant, la fattoria e il terreno della proprietà Harrison, a nord del fiume Mohawk, che consta di quasi 700 acri; più 2000 acri del Royal Grant, adiacenti a quelli di suo fratello.

Di tutti gli uomini e le donne che ora spingevano per trovare posto nella piccola chiesa, era forse Joseph Brant Thayendanega quello che più di ogni altro, nei mesi a venire, avrebbe sentito la mancanza del vecchio commissario.

Ricordava la prima volta che Sir William lo aveva

condotto in battaglia. Aveva sedici anni. Gli irochesi si univano alle forze di Sua maestà britannica per portare l'assedio a Fort Niagara, ultimo avamposto francese sul lago Ontario. Sulla radura antistante il forte, le pitture di mille guerrieri si mescolavano al rosso vivo delle uniformi dei soldati. Mentre le cannonate esplodevano a poca distanza, Sir William appariva sereno, felice di vedere gli indiani affiancarsi alle truppe inglesi.

L'assedio era durato venti giorni. I pezzi da otto non avevano mai taciuto, nemmeno di notte. Joseph ricordava di avere sparato senza sosta contro la trincea francese, prima che venisse sbriciolata dai mortai. Insieme ai giovani aveva seguito i guerrieri adulti contro il contingente mandato in soccorso del forte. Il petto si era riempito di orgoglio, quando i nemici avevano ripiegato per darsi alla macchia.

Poi un colpo di cannone aveva staccato la testa del generale inglese e Sir William aveva dovuto prendere il comando dell'armata. Pochi giorni dopo era stato lui a ricevere l'atto di resa della guarnigione.

Il ritorno a casa era stato trionfale. Il re aveva ricompensato il conquistatore di Niagara con centomila acri di terra nella valle del fiume Mohawk. Sir William aveva preso Joseph sotto la sua ala. Aveva progetti per lui. Negli anni seguenti lo aveva fatto studiare alla scuola di Lebanon. Gli aveva dato l'incarico di interprete del dipartimento Indiano. Aveva usato la propria influenza per garantirgli il titolo di Capo guerriero, l'unico che un mohawk potesse acquisire per merito e non per nascita. Infine, aveva dato otto figli a sua sorella e mescolato per sempre il sangue dei Johnson e quello dei Brant.

Lascio a Magdalene, sorella dei summenzionati e figlia di Molly Brant, la fattoria vicino a Anthony's Nose, che misura circa 900 acri, con tutte le costruzioni; più 2000 acri del Royal Grant, adiacenti a quelli di sua sorella Elizabeth.

Lascio a Margaret, sorella dei summenzionati, 2 lotti, parte della proprietà Stone Arabia, per un totale di 230 acri; più 2000 acri del Royal Grant, adiacenti a quelli di sua sorella.

Lascio a George, il più giovane dei figli che ho avuto da Molly Brant, 2 lotti, parte della proprietà Sacondaga, di 250 acri ciascheduno; più una piccola proprietà denominata «di John Brockan», a nord del fiume Mohawk, di fronte al Canajoharie Castle, che misura 280 acri; più 3000 acri del Royal Grant, adiacenti a quelli di sua sorella Margaret.

La bara venne calata sotto l'altare, come quella di un vescovo. Le figlie del Baronetto provarono ad aggrapparsi al canto, per trattenere le lacrime, mentre in fondo alla chiesa le file dei Mohawk vibravano di singhiozzi. Piangevano anche i guerrieri più anziani, che in battaglia non avrebbero esitato a piantare il tomahawk in testa ai nemici. Piangeva Piccolo Abramo, piangeva Joseph Brant, piangeva Jacob Kanathawakon, piangeva Tekarihoga.

Piangeva Molly Brant Degonwadonti, matrona del clan del Lupo. Il suo nome significava «Tanti Contro Uno». Piangeva, con la piccola Ann addormentata sulla spalla, lacrime che nessuna governante avrebbe versato per il suo padrone.

Lascio a Mary, figlia della detta Molly Brant e sorella dei summenzionati, 20.000 acri del Royal Grant; più 2 lotti della proprietà Stone Arabia, di 150 acri.

Lascio a Susanah, figlia di Molly Brant, 3000 acri del Royal Grant.

Lascio ad Ann, figlia di Molly Brant, 3000 acri del Royal Grant.

Lascio alla mia attuale e fedele governante, Molly Brant, madre dei summenzionati, il lotto n. 1 del Royal Grant, di fronte alla terra su cui vive Nicholas Herkimer, da lasciare in eredità al figlio Peter dopo la di lei morte.

Lascio a lei anche una donna negra, di nome Jenny, sorella di Juba, e 200 sterline in valuta di New York.

In fede, firmata ogni pagina delle tredici complessive, di mia mano ho sigillato queste volontà oggidì 27 gennaio 1774.

Testimoni: William Adams, Gilbert Tice, Moses Ibbitts, Samuel Sutton.

Dopo la Battaglia di lago George, i battelli mohawk avevano disceso l'Hudson fino all'oceano, guidati dal capo bianco che aveva portato i guerrieri alla vittoria.

A New York avevano illuminato le vie della città per celebrare il suo trionfo.

Ad Albany, sulla piazza d'Armi, la festa era andata avanti per ore, con musica, balli e parate militari.

Molly ricordava quel giorno d'autunno come se ancora dovesse tramontare.

Lui aveva sfilato su uno stallone nero, l'uniforme rossa stretta sul petto. I cavalli si erano mossi al ritmo dei tamburi, passi cadenzati, lo zoccolo sospeso in alto e poi battuto al suolo, come in una danza di guerra.

Avevano percorso due volte il perimetro della piazza, sfiorando la folla, e per due volte gli occhi di William si erano soffermati su Molly, che osservava la scena dalla prima fila.

Al terzo passaggio, s'era deciso a parlare.

«Volete accompagnarmi per l'ultimo giro?»

Lo aveva chiesto in tono scherzoso, senza nemmeno tenderle una mano. Non si aspettava di essere preso in parola. Non aveva mai visto una ragazza saltare in sella così, con un balzo.

Lo stallone s'era lanciato al galoppo, tra gli applausi del pubblico. Molly aveva stretto le braccia sui fianchi del cavaliere, mentre il vento le afferrava le trecce e gonfiava il mantello.

Pochi giorni più tardi, Sir William l'aveva chiamata a Johnson Hall come governante.

Da allora non si erano più lasciati.

L'undici luglio 1774 il concilio delle Sei nazioni irochesi era riunito sotto le finestre di Johnson Hall.

Sir William aveva pronunciato il discorso iniziale. Poche ore dopo, si era spento.

L'ultimo giro era durato diciannove anni, tanti quanti ne aveva Molly quand'era salita in sella.

La loro cavalcata aveva plasmato un mondo.

Dal Livello 2 del sito manituana.com
Sezione «Officina»
La dea bianca
E-mail di Wu Ming 4 dell'8 giugno 2005, ore 15.27

Compadres,

un riassunto della riflessione di ieri e il disvelamento di qualche punto oscuro.

Fin dall'inizio della stesura abbiamo avuto la sensazione che una delle chiavi di volta del filone indiano fosse il rapporto Brant-Lacroix e, in seconda battuta, il rapporto di questi due con Molly. Da un certo punto di vista guardavamo nella direzione giusta, ma non riuscivamo a vedere le cose chiaramente.

Graves direbbe che questo è normale: gli dei tendono a nascondersi e solo uno sguardo allenato e trasversale riesce a coglierli sotto l'apparenza delle cose.

In effetti la chiave della storia si annida nel rapporto conflittuale tra Brant e Lacroix, nella misura in cui si tratta di un conflitto interiore che riverbera su tutti i personaggi. Perché nessuno dei personaggi che stiamo mettendo in scena è altro che un meticcio. I Mohawk sono tutti – dal primo all'ultimo – completamente «snaturati» dal contatto con i bianchi, lo diciamo chiaro e tondo all'inizio che i giorni della carne di cane sono finiti; i bianchi a loro volta non sono più «puri», sono amici degli indiani, sono sposati con donne indiane, sono agenti di un impero che sta per spezzarsi cancellando lo spazio intermedio, cioè loro stessi. Il conflitto interiore di Brant è quindi quello di tutti gli altri intorno a lui. Il destino di Brant è quello delle Sei nazioni, il destino delle Sei nazioni è quello di Brant. La sua posizione privilegiata gli consente di giocare un ruolo importante nell'avventura che andiamo a raccontare, e gli fornisce un'angolazione particolare da cui osservare gli eventi. Ma c'è Lacroix.

Lacroix è il suo alter ego, il suo lato in ombra, la sua cattiva coscienza, il suo doppio. Da questo punto di vista la biografia del «solitario» Lacroix che abbiamo immaginato e la sua parabola nel corso degli eventi bellici sono già perfette. Se guardiamo ancora meglio nella direzione giusta, troviamo anche la sua fine, che a rigor di logica deve essere opposta a quella di Brant.

Lacroix deve morire nel corso della guerra, e morire di morte violenta per «colpa» di Brant. Lacroix è la parte di sé che Brant dovrà sacrificare per giocare con le regole dei bianchi. Lacroix muore consapevolmente, muore insieme alle Sei nazioni, perché non c'è posto per lui nel mondo nuovo che avanza. In realtà non ci sarà posto nemmeno per Brant, che uscirà sconfitto, ma vivo, cioè – per quanto appena detto – morto a metà. L'altra metà dovrà essere trasferita altrove. Un altrove che non sarà l'Ovest, tanto caro ai vincitori wasp, e in cui andranno a morire i loro sogni di conquista infinita (l'Occidente è il luogo dell'Oltretomba); bensì il Nord, la terra degli Iperborei, dove Joseph e Molly Brant diventeranno gli eroi eponimi di una nuova nazione, come Padri pellegrini.

Qui entra in gioco il rapporto di Brant-Lacroix con Molly. Rapporto ancestrale, visto il legame di sangue. Cosa intendo quando dico che Molly è la Dea Bianca, alias il principio femminile del mondo? Non certo che deve camminare a una spanna da terra.

Molly è stata la moglie del patriarca, cioè Ecuba, Penelope, Andromaca ecc. È stata e continua a essere una regina. È anche colei che ha sposato il conquistatore, quindi Malinche, Medea, Lavinia, colei che in qualche modo lo ha aggiogato e che dando in pegno se stessa ha salvato il proprio popolo, unendolo a quello dei bianchi vittoriosi. Non è né particolarmente saggia, né particolarmente buona. Molly ha accettato la parziale distruzione delle usanze e dei costumi mohawk in cambio della sopravvivenza della sua gente e del potere condiviso con il marito. Allo stesso modo accetterà la distruzione delle Sei nazioni come ineluttabile giro della ruota karmica, che cancella un mondo e ne inizia un altro. Molly è senza dubbio una distruttrice, esattamente come lo è Madre natura. Allo stesso modo ama i suoi figli bastardi, li difende.

Ama suo fratello e ama anche Lacroix. Ma non ha la pretesa di sottrarli alla distruzione che essi hanno scelto consapevolmente, perché non è un Dio Padre geloso e onnisciente. È colei che rimane quando tutto è perduto. Ma è anche la perdita stessa. Perché la Dea, benché ami solo per distruggere, distrugge solo per far rinascere la vita.

Molly sarà il Mosé-donna che porterà in salvo la comunità oltre il Mar Rosso/San Lorenzo, dopo che tutti gli improvvisati Aronne con i coglioni e con i fucili avranno fallito (in primis suo fratello). Ma non dimentichiamoci che sarà anche un Caronte-donna, che traghetterà i morti oltre lo Stige/San Lorenzo (e non saranno pochi, Lacroix in primis). Perché Molly è il principio vitale, generativo, femminile, ma è anche il suo inevitabile complemento, cioè la Morte. È Bianca come sono candidi i gigli e la farina, ma è anche Bianca come sono bianche le ossa dei morti e la lebbra. Non è né vecchia né giovane (l'età anagrafica ci viene incontro), a seconda della luce del giorno e dei momenti – o dei sogni di Lacroix – può apparire come una ragazzina nel fiore degli anni, come una donna matura, o come una vecchia.

Graves sostiene che l'ultimo personaggio storico che ha incarnato la Dea come modello mitopoietico, ideologico ed estetico è stata Elisabetta I d'Inghilterra, la regina vergine che volle sposare una nazione. La nostra regina Molly ha sposato un capostipite, cioè, appunto, una nazione, di cui è diventata la genitrice, la Grande Madre (Rossa), adesso di nuovo nubile. Perché i re passano, vengono periodicamente deposti, o sacrificati o scacciati, mentre le regine, nella società matriarcale, restano e stabiliscono la discendenza.

Ed ecco che seguendo il suggerimento di Graves e guardando meglio nel cespuglio, si trova risposta a un altro quesito che ci lasciava interdetti. Perché sono tutti vedovi? La risposta è: perché c'è una sola donna, sposa simbolica dell'intera nazione meticcia. E questa donna non ammette rivali, perché è una dea terribile. L'unica donna che i maschi della nazione «amano», nel senso che sono attratti da lei per forza centripeta, vincolati come i raggi di una ruota al loro perno, è Molly. Lei è il cardine della famiglia meticcia dei Johnson e dei Brant, ovvero dell'unione che a sua volta è il cardine dell'alleanza tra i bianchi e i Mohawk. Molly è il perno della ruota d'argento della comunità, in gaelico «Arianrhod», in sumero «Ari-an-na», la «madre fruttifera» (quanti figli ha avuto, otto?) che condurrà i guerrieri ardimentosi fuori dal labirinto in cui sono destinati a perdersi.

Detto questo, Molly resta un mistero che non possiamo avere la pretesa di svelare a parole. Per questo credo che lo rimarrà anche sulla pagina, e noi dovremo essere bravi a far intuire ciò che noi abbiamo intuito guardando il cespuglio in cui le cose sono confuse e aggrovigliate.

Secondo Graves i poeti non possono fare granché altro.

Indice

Finito di stampare nel mese di giugno 2008 presso
Nuovo Istituto Italiano d'Arti Grafiche – Bergamo
Printed in Italy